Danske
Heltesagn

AF272770

Axel Olrik

Danske Heltesagn

imprimatur

FSC
www.fsc.org
MIX
Papir fra
ansvarlige kilder
Paper from
responsible sources
FSC® C105338

Axel Olrik: Danske Heltesagn
Tredie Udgave 1910
© 2019 Olrik, Axel
Forlag: BoD – Books on Demand, København, Danmark
Tryk: BoD – Books on Demand, Norderstedt, Tyskland
ISBN: 9788743013303

Indhold

SAGNTIDEN

FRA VIKINGETIDEN

FRA VALDEMARSTIDEN

SAGNTIDEN

Kong Dan

DER fortælles, at i gamle Dage var der tre Brødre, Dan, Nor og Østen. Deres Fader var Kong Ypper, han boede i Upsal i Sverig, og den By har Navn efter ham. Sønnerne skiltes ad og bosatte sig hver i sit Land: Dan gik til Danmark, Nor gik til Norge, men Østen blev i Sverig, i Landene mod Øst.

Den Gang var Navnet Danmark ikke til, og det var heller ikke ét Rige. Dan havde Sjælland med Småøerne. Jylland, Fyn og Skåne var Riger hver for sig. Ved den Tid havde Jyderne Ufred med den tyske Konge. De byggede sig da Vold og Pæleværk på Landets Grænse imod Syd, der hvor senere Dronning Tyre byggede Danevirke; Volden blev kaldt Kovirke. Men da Tyskerkongen kom med stor Hærstyrke, kaldte de Kong Dan til Hjælp fra Sjælland. Han drog mod Tyskerne og holdt stort Slag foran Volden; de fleste af Fjenderne bed i Græsset, og de andre flyede bort. Da Jyderne så, hvor tapper Kong Dan var, førte de ham til deres Tingsted og satte ham op på en stor Sten og udråbte ham til deres Konge. Den Sten blev kaldt Daneryge (Ryge er et jydsk Ord for »stor Sten«), og dér blev senere danske Konger udråbte og hyldede som Konger; den lå på Tingpladsen udenfor Viborg, og man har også kaldt hele Stedet for Danerlyngen. Da Fynboer og Skåninger hørte om dette, valgte de ham også til deres Konge. Dan sammenkaldte nu de bedste Mænd fra hele sit Rige, og han talte til dem: »Dette Land er fagert og frodigt; men endnu er der den Lyde ved det, at det mangler Navn.« De svarede ham: »Du er Dan, Riget skal hedde Danmark, og det Navn skal vare, medens Verden står.«

Kong Dan byggede sig en Kongsgård i Lejre nær ved Roskilde Fjord. Han blev kaldt den storladne eller mægtige, ti ingen havde før haft sådant Herredømme. Efter hans Død byggede Danskerne ham en Gravhøj; de satte ham ind i Gravkammeret fuldt hærklædt og ridende på sin Hest; derefter kastede de Jord over det, indtil det blev en vældig Høj.

Skjold

I gamle Dage var de danske længe uden Konge; Kiv og Ufred tog da til, men Orden og Ret blev trådte under Fødder. Da så man en Dag et Skib komme ind mod Land; det var stort og prægtigt, men der var ingen Folk at se på det. Kun ved Masten lå der et lille Barn og sov med et Kornneg til Hovedpude, omgivet af Våben og Guld; en gylden Fane vajede over det. Danerne kunde da forstå, at han var sendt til dem af Guderne, de førte Barnet til Tinge og gave ham Kongenavn, og de kaldte ham Skjold efter de Våben, han førte med sig, og fordi han skulde blive Værn for Folket.

Han viste tidlig sin Heltestyrke. En Gang i sine Drengeår var han med på Jagten og var bleven skilt fra de andre, da en stor Bjørn sprang frem imod ham fra Krattet; men han brødes med den og bandt den med sit Bælte, indtil Mændene kom til og dræbte den.

Femten År gammel kæmpede han mod den saksiske Jarl Skat. De bejlede nemlig begge til Kongedatteren Alfhild, og deres Bejlen blev afgjort ved en Tvekamp i Påsyn af begge

8

Hære, den danske og den saksiske. Skjold fældte Sakseren og vandt sig derved ikke blot en Brud, men gjorde hele Sakserfolket skatskyldigt.

Skjold blev en god Konge, vældig imod Fjenderne, mild imod de svage og trængende, retfærdig i Domme, gavmild imod sine trofaste. Til sine Huskarle uddelte han ikke blot deres Løn, men også alt det Bytte, han tog fra Fjenderne; »Gods«, sagde han, »er for Svende, Hæder er for Høvdingen.« Kun mod de svigefulde var han stræng. Fra ham nedstammer de senere danske Konger, og efter hans Navn er Kongeslægten bleven kaldt Skjoldunger.

Da hans Dødsstund nærmede sig, bad han sine Mænd om, at de efter Døden vilde bære hans Lig ud på hans Skib, således som han lå, da han som lille Barn kom sejlende til Landet. De bar ham da ned til Stranden, hvor Skibet stod, guldsmykket og isblankt. På Skibets Dæk, nærved Masten, lagde de deres kære Konge. De lagde Guld og kostelig Ejendom ved Siden af, derhos Sværd og Brynje; aldrig blev et Skib smykket bedre. På hans Bryst lå Smykker i Mængde. Ikke var han ringere prydet med Rigdom, end da han som Barn sendtes hid over Bølgen. Atter fæstede de den gyldne Fane højt over hans Hoved. Så gav de Skibet i Havets Vold, lod Bølgen bære det bort. Ingen Mand under Himlen kan med Vished sige, hvor Snækken førtes hen; men mange har tænkt, at de Guder, der gav ham, hentede ham atter hjem til sig.

Vermund og Uffe

KONG Vermund herskede længe og lykkelig over Danmark. På sine ældre År fik han Sønnen Uffe. Drengen var tidlig stor af Vækst og foran for sine jævnaldrende i

Styrke, men så sløv af Sind, at man aldrig så ham i Leg eller Skæmt, ej heller hørte ham mæle noget Ord. Da han vokste til, fik hans Fader ham gift med en Datter af Frøvin, Jarl i Byen Slesvig, for at Uffe kunde have Støtte af denne gamle Kæmpe og af hans to raske Sønner, Kæte og Vige.

Kong Adisl herskede den Gang i Sverig og var vidt kendt for sine Sejre over alle Naboer. Selv i Fredstid holdt han sin Krigerdygtighed ved lige, ved daglig at vandre ene ud i Skoven, iført sine Hærklæder, og prøve alskens Våbenbrug; således mente han altid at blive enhver Modstander overlegen. Han drog med sin Hær over til Slesvig, hvor Jarlen Frøvin holdt Slag imod ham; under Kampen stødte Hærenes to Høvdinger sammen med hinanden. Det regnede med hårde Hug over dem begge; men Udfaldet blev, at Frøvin faldt, og at den danske Hær opløste sig og flygtede.

Vermund indsatte den dræbte Jarls to Sønner i deres Faders Værdighed, for således at lønne Frøvins prøvede Trofasthed på dem. Men dette gav Adisl Anledning til et nyt Tog imod Danmark, ikke blot med et fåtalligt Mandskab, men med hele Sverigs Hærmagt, som om det var hans Mål at underlægge sig det danske Rige. Da dette Angreb skete, sendte Kæte, Frøvins Søn, sin Bannerfører Folke med Bud herom til Vermund, der da havde Sæde på Jællinge. Han kom til Kongsgården, medens Kongen var ved Måltidet, og forebragte sin Tidende med de Ord, at nu var den endelig kommen, den længe ønskede Lejlighed til Kamp, Adisl var landet med en talløs Hær af svenske, Fjenderne var så sejrstrygge, at de dristig drog Døden i Møde, så nu var Stunden kommen til at hævne det sidste Nederlag. Vermund roste ham da for, at han så vel og mandig havde røgtet sin Sendefærd, og bad ham at sidde med ved Bordet, ti langt Ridt, sagde han, giver Lyst til Mad. Folke svarede, at han ikke havde Stund til at æde. Da bød Vermund at række ham et Bæger, og da han havde drukket, bad han ham at gemme Bægeret til Minde. Svenden blev glad over Gaven og svarede, at før skulde Kongen se ham tømme det samme Mål fuldt af sit eget Blod, end han skulde se ham at vende Ryg i Slaget.

Han holdt Ord. Under Kampen søgte han Adisl og skiftede Hug med ham. Svenskehæren blev slagen tilbage; Adisl flygtede selv såret til sine Skibe. Folke havde for store Sår til at deltage i Forfølgelsen; han sad og lod det udrindende Blod løbe i Hjælmen og tømte så denne sælsomme Kvægelsesdrik for at holde sit Løfte. Vermund så ham og roste højt hans Troskab, men Folke svarede, at hvad stort loves, det skal ærlig holdes.

Efter Kampen udtalte Jarlen Kæte sin Undren over, at Adisl var sluppen dem af Hænde, da han dog havde været forrest i Striden, og der var nok af Folk, som gærne vilde have dræbt ham. Vermund svarede, at der gaves fire Slags Krigere: for det første var der de gamle Kæmper, der var ihærdige for at vinde Sejren, men ikke gav sig af med at forfølge de overvundne; den anden Slags var de ungdommelige og iltre, der hugger løs på Fjenden, enten de ser hans Bryst eller Ryg; den tredje Slags er Folk af Velstand og god Byrd, de er bange for deres Skind, men skammer sig dog ved at fly; og endelig er der dem, som altid stiller sig bagerst og er de første til at flygte. »Derfor,« sagde han, »er det ikke til at undre sig over, at de ikke har fældet Adisl; den første Slags har kun brudt sig om at vogte på den vundne Sejr; den anden Slags har ikke haft Held til at træffe på ham; og den tredje og fjerde Slags har kun stået i Vejen for de kamplystne.«

Adisl vendte hjem til Sverig; og for at skjule dette sidste Nederlag roste han sig ofte af Frøvins Drab. Derover harmedes Kæte og Vige, og længtes efter Hævn. Men da de ikke kunde vente at skaffe sig den ved Hærtog, drog de alene til Sverig og opsøgte den Lund, hvor Adisl plejede hver Dag at øve sig i Våbenbrug. De skjulte deres Våben og gik ham i Møde. På hans Spørgsmål svarede de ham, at de havde forladt deres Land for en Faderhævns Skyld, og at de havde hjemme i Slesvig. Adisl troede da, at de var landflygtige, og han gav sig til at spørge dem ud, hvem de danske regnede for at være Frøvins Banemand. Kæte svarede, at det holdtes for uvist, hvem der kunde rose sig af denne Dåd, såsom Frøvin var falden i åbent Slag. Da svarede Adisl, at det skulde ikke nytte andre at gøre sig til af denne Gerning, han alene havde udført den i Våbenskifte, Mand mod Mand. Kongen spurgte nu, om Frøvin havde efterladt sig nogen Søn. Kæte svarede, at der var to, og »de er os lige i Alder og i Vækst.« »Hvis de slægter deres Fader på,« sagde Adisl, »da kan jeg vente mig hårdt Vejr fra den Kant«; og han spurgte, om de ofte talte om deres Faders Død. »Det hjælper ikke at rive op i det Sår, man ikke kan læge,« svarede Kæte.

En Dag tog begge Brødrene deres Våben og fulgte efter Adisl til Skoven. Da han mærkede deres Komme, standsede han, for at han ikke skulde synes at undvige af Frygt. De sagde, at de var komne for at tage Hævn for deres Faders Død, så meget mere som han havde pralet af denne Gerning. Adisl bad dem om at betænke deres Ungdom overfor hans øvede Kraft og tilbød dem Pengebod; det vilde være stor Ære for dem, at have tvunget så mægtig en Konge som ham til at afsone Drabet. Kæte svarede, at han ikke skulde afkøbe dem deres Krav på Hævn, og bød ham at træde frem til Tvekamp, således at Broderen, Vige, holdt sig udenfor Kampen. Adisl svarede, at de begge kunde kæmpe imod ham; men Kæte sagde, at han hellere vilde dø end bryde gammel Kæmpeskik. Striden begyndte nu. Adisl huggede kun mindre Hug imod Kætes Skjold. Da de havde stridt således en Tid lang, spurgte han ham atter, om han ikke vilde have Broderen til Hjælp; Kæte svarede nej. Kæte hug nu så hårdt, at Adisls Hjælm blev kløvet, og Sværdet trængte ind i Panden. Da Blodet randt ham i Øjnene, blev Adisl fuld af Harm, og hans Hug faldt så mange og så tunge over Kæte, at denne sank i Knæ. Da kunde Vige ikke længer tåle at se sin Broder i Fare; han brød Vedtægten for Kampen og hjalp at fælde Adisl. De hug Hovedet af Liget og lagde Kroppen på en Hest og førte den til den nærliggende By, hvor de forkyndte, at Frøvins Sønner havde taget Hævn over Adisl Sveakonge. Da de kom til Danmark, roste Vermund højlydt deres Dåd. Men i Udlandet gik der Ord om, at Adisls Banemænd brød gammel Kæmpelov.

Da Vermund blev gammel, mistede han også Synet. Da mente Sakserkongen, at Landet lå værgeløst, og han sendte sine Sendemænd til Danmark. De bragte det Bud til Vermund, at han skulde overgive Sakserkongen det Rige, som han ikke længer selv var i Stand til at hegne om; eller også skulde hans Søn kæmpe med Saksernes Kongesøn, og den der vandt skulde have Riget; men valgte han intet af disse to Vilkår, da var der det tredje at føre Krig med Sakserne. Da brød Vermund ud i Suk og lydelig Klage, over at han så skændig blev hånet i sin Alderdom, da han dog ikke havde gjort sig fortjent dertil ved Fejhed i de yngre År; Sakserkongen, sagde han, måtte være meget utålmodig, at han ikke kunde vente på en gammel Mands Død, inden han krævede hans Rige; dog for ikke at trælle under fremmed Åg vilde han selv møde i Kampen. Dertil svarede Sendebuddene, at de vel vidste, deres Konge ikke vilde gøre sig til Nar ved at kæmpe med en blind Mand, men at begges Sønner var bedre skikkede til det Hverv. Mens alle de danske stod målløse, bad Uffe pludselig om Lov til at svare de fremmede. Vermund spurgte, hvem det var, der bad om Ordet; men da hans Rådgivere svarede, at det var Uffe, sagde han, at det var nok, at fremmede spottede hans Nød, han behøvede ikke at hånes af sine egne. Men Huskarlene svarede i Flok, at det var Uffe; og Vermund sagde: »Lad ham da tale, hvem han så er.« Nu tog Uffe Ordet og bad Sakserne om ikke at kræve det Rige, der havde både en Konge og stærke Kæmper; Danmarks Konge har en Søn, og de skal vide, at han ikke blot vil kæmpe med deres Kongesøn, men også med den stærkeste Kæmpe, de kan give ham til Følge. Heraf smilte Sakserne, men Danskerne stod i Undren. Et Mødested og Tiden til Kampen bliver fastsat.

Da de fremmede var borte, roste Vermund den, der havde givet så kækt et Svar, og sagde at han hellere vilde overgive ham sit Rige end den grumme Fjende. Men da alle sagde, at det var hans Søn, bød han ham at komme nærmere, for at han kunde føle med Hænderne, hvad han ikke mere kunde se med Øjnene. Han lod Hånden glide over hans brede Krop og svære Lemmer og sagde: »Ja, sådan var også jeg, da jeg var i min Ungdom. Men,« sagde han, »hvorfor tav du så længe stille, så at vi regnede dig for målløs?« Uffe svarede, at hans Faders Forsorg hidtil havde været ham nok, og at han ikke havde haft Brug for at tale førend han skulde standse disse fremmedes Pågåenhed. Og da Kongen vilde have at vide, hvorfor han udæskede to og ikke en, svarede han, at han vilde aftvætte den Skam, som overgik de danske, da de var to om at fælde Adisl.

Vermund bad nu sin Søn at lægge sig efter Våbenbrug, som han kun lidet havde øvet hidtil. Men alle Brynjer revnede over hans brede Bryst, til sidst også Vermunds egen Brynje. Da lod Vermund den skære op i venstre Side og fæste sammen med en Hægte, ti der kunde han dække Brynjens Svaghed med sit Skjold. Dernæst bragte man ham Sværd, men de sprang i tu det ene efter det åndet, når Uffe svang dem. Til sidst var kun Vermunds eget Sværd Skræp tilbage; det havde han ladet grave ned i Jorden, for ikke at unde nogen fremmed det. Han lod sig nu lede ud på den Mark, hvor det var skjult, udspurgte sine Ledsagere nøje om alle Kende-

14

mærker, og lod dem grave ned på Stedet. Uffe fik Sværdet i Hånden, det var gammelt og rustent. Han spurgte, om han også skulde prøve det. Men Vermund bad ham at lade være, ti om dette brast, fandtes der ikke Sværd, som han kunde bruge.

Mødestedet var en Holm midt i Ejderen. Fra den ene Side kom Uffe til den, fra den anden Saksernes Kongesøn og en udvalgt Kæmpe. På Åens Bred stod den danske og den saksiske Hær som Tilskuere til Kampen. Vermund satte sig yderst på Broen, for at styrte sig i Vandet, hvis hans Søn skulde blive overvunden. Uffe dækkede sig med Skjoldet mod Fjendernes Angreb, ti han satte endnu ikke Lid til sit Sværd, og spejdede rolig efter, hvem af dem han først skulde ramme. Vermund troede, det var af Svaghed, han så tålmodig fandt sig i Fjendernes Hug; og han flyttede sig derfor nærmere til Broens Kant, rede til at styrte sig i Vandet. Uffe æggede nu Kongesønnen til at gå dristig frem, og ikke lade en Kriger af ringere Byrd gå foran sig; men han æggede Kæmpen til ikke at gøre den Tiltro til Skamme, som man havde haft til ham, og søge Ly bag Kongesønnens Ryg. Og da Kæmpen nu gik stærkere på, hug han ham tværs over med et eneste Hug. Vermund udbrød, at nu kunde han høre sin Søns Sværd, og spurgte, hvor det havde ramt. Ledsagerne svarede, at det havde skåret Manden i to. Vermund fik nu lige så stor Lyst til at leve, som han før havde til at dø, og flyttede atter sin Stol bort fra Vandet. Uffe æggede nu Kongesønnen til at gå nærmere og hævne sin faldne Stalbroder, og da han så Ram på ham, vendte han Sværdet i Hånden (ti han stolede ikke på dets tynde Æg) og hug ham tværs igennem. »Nu hørte jeg Skræp for anden Gang!« udbrød Vermund. Men da Ledsagerne sagde, ham, at begge Modstandere var faldne, vældede Glædestårer ud. Med Sorg og Ruelse førte Sakserne deres Kæmpers Lig bort fra Holmen, men Danskerne jublede Uffe i Møde.

15

Hroar og Helge

KONG Halvdan og hans Broder Frode rådede sammen for Danmark. Men Frode misundte sin Broder hans Del, han samlede en stor Skare Krigere og kom ved Nattetid sejlende til Kong Halvdans Gård. Halvdan gjorde Modstand med de Folk, han havde, men faldt; en Del af hans Mænd undslap. Næste Dag lod Frode sig give Kongenavn over hele det danske Rige, og forfulgte hårdt alle dem, der ikke vilde sværge ham Troskab. Halvdan havde to Sønner, Hroar og Helge. Jarlen Regin, som havde Drengene til Opfostring, førte dem lønlig over til en lille Ø ved Skånes Kyst, hvor der boede en gammel Kæmpe ved Navn Vifil; han havde været Kong Halvdans trofaste Mand. Regin bad ham at tage mod Kongesønnerne. »Det er hårdt at drages med sin Overmand,« sagde Vifil, »men Drengene trænger jo til Hjælp.« Så tog han imod dem.

Vifil boede alene på Øen, den var mest dækket med Skov og Krat, og der var en Jordhule, hvor de altid lå om Natten; om Dagen strejfede de om, som de vilde. Regin drog til Frode og svor ham Troskab, ti han havde meget Gods, som han nødig vilde miste. Også Jarlen Sævil gik i Frodes Tjeneste; han var gift med Signe, Kong Halvdans Datter.

Men om de to Kongesønner, Hroar og Helge, kunde ingen sige ham nyt; og det satte ham i Uro. Han sendte Vagt og Spejdere allevegne, og lovede store Gaver til den, der bragte ham Bud om dem, men store Pinsler til den, der skjulte dem. Han lod dernæst Sandsigere og Troldmænd hente sammen fra hele Riget, og bød dem med al deres Kunst at gennemgranske Landet fra først til sidst, hver Ø og hvert Næs. De sagde til Frode, at Drengene var ikke på samme Land som han, men langt borte kunde de ikke være. Frode sagde: »Vi har ledt vidt og bredt, og mindst troede jeg, at de var nær herved; men her er dog en Ø, hvor vi ikke har søgt så nøje, for den er næsten øde, og der bor kun en sølle Gråskæg.« »Så led først der,« sagde Troldmændene, »ti der ligger os ligesom en Tåge over Øen, og den gamle er måske klog på mere, end man skulde tro.« Kongen svarede: »Der skal blive søgt; dog finder jeg det underligt, om en ringe Fisker vover at skjule dem, som vi leder efter.«

En Morgen tidlig vågnede Vifil op og sagde til Drengene: »Sælsom Travlhed og Uro har jeg mærket i Nat; der er Storfolk på Vej herud. Stå op, Halvdans Sønner, Hroar og Helge, og hold i Dag til, hvor Krattet er tættest!« De sprang til Skovs. Lidt efter kom Frodes Udsendinge til Øen og ledte allevegne. Den gamle så dem noget mistænkelig ud, men Drengene kunde de ikke finde, og de vendte hjem med uforrettet Sag. »Dårlig har I søgt,« sagde Kongen, »og Gubben er klogere end Folk er flest; drag på Stedet tilbage, så Karlen ikke får Tid til at stikke dem af Vejen, om de er der.« De gjorde, som Kongen bød, og kom anden Gang til Øen. »Der bliver ingen Bænkesidden i Dag,« sagde Gubben til Drengene, »stræb at komme til Skovs;« og det gjorde de. I det samme sprang Kongens Mænd i Land og krævede Husundersøgelse. Gamlingen åbnede for dem allevegne; men de fandt ingen, hvor på Øen de så ledte. Og Sendebuddene vendte hjem og sagde Kongen, hvordan det var gået. »Det dur ikke længer at sejle med halv Vind,« sagde Frode, »jeg vil selv med til Øen straks i Morgen tidlig.« Vifil vågnede op af stærke Drømme, og advarede Kongesønnerne: »Når jeg kalder på mine Hunde, Hopp og Ho, så skal I have det til Kendetegn på, at I må ned i Hulen og skjule jer; jeres Farbroder er nu selv ude at lede efter jer, med List og Magt; og jeg véd næppe, hvor jeg skal få jer reddet.«

Vifil gik ned til Stranden. Kongeskibet var imens kommet; men han lod, som han ikke så det, og spejdede bare hid

17

og did efter sit Kvæg. Kongen bød sine Mænd at gribe ham, og han blev ført for Kongen. »Du er en snu Karl« sagde Frode, »men sig mig nu, hvor Kongesønnerne er; for det véd du.« »Hil nådige Herre,« svared han, »men hold ikke på mig, for Ulven er i min Hjord.« Og han råbte højt: »Hopp! og Ho! red mit Kvæg!« »Hvad råber du?« sagde Kongen. »Det er mine Hunde,« svarede han, »der hedder sådan; led I nu, Herre, så meget I lyster. Jeg venter rigtignok ikke, at Kongebørnene skal findes her; og det undrer mig, at I tiltænker mig at holde nogen skjult for eder, Herre.« »Du er snedig nok,« sagde Frode, »de skal dog ikke længer skjule sig her, om de også har kunnet det før; men du fortjente at miste din Hals.« Gamlingen svarede: »Det står i eders Magt, Herre, og da har I dog udrettet noget her, i Stedet for at vende tomhændet hjem.« »Jeg nænner ikke at slå dig ihjel,« sagde Kongen, »skønt jeg gjorde bedst deri.«

Så drog Frode hjem uden at have fundet nogen. Den gamle gik til Drengene og sagde: »Det nytter jer ikke længer at være her; jeg vil sende jer til Sævil, jeres Søsters Mand. I vil blive navnkundige Mænd, hvis I får Lov til at beholde Livet.« Hroar var da tolv Vintre gammel og Helge ti; dog var han både større og modigere.

Drengene kom vandrende til Sævil Jarl og bad om Tjeneste. Den ene kaldte sig Ham, og den anden Hrane. Jarlen svarede: »I ser mig ikke ud til at du til meget, men jeg kan gærne have jer på Kosten en Tid lang.« De indlod sig ikke med nogen; og Tjenestefolkene drillede dem, fordi de altid gik med store Koftehætter, og spurgte om de havde Skurv i Hovedet.

Da de var der på tredje Vinter, bød Frode Sævil Jarl til Gilde; ti han havde Anelse om, at Sævil holdt dem i Skjul for Slægtskabets Skyld. Jarlen gjorde sig nu rede med sin Hustru og mange Svende. Også Drengene vilde drage med, men Jarlen forbød dem det. Ham (det vil sige Helge) sprang op på en utilreden Plag og red efter Skaren; han vendte Ansigtet til Dyrets Hale og teede sig helt tåbelig. Hrane kom efter på en Hest af samme Slags. Føllene jog ud og ind, og tumlede sig, så at Hranes Koftehætte faldt af. Det så deres Søster Signe, hun kendte sine Brødre og græd. Jarlen spurgte hvorfor hun græd; og hun svarede:

> *»Skjoldung-Stammen*
> *er stævnet hårdt,*
> *spæde Kviste*
> *af Kongers Ættæ.*
> *mine Brødre*
> *på baren Ryg,*
> *Sævils Svende*
> *i Sadler ride.«*

»Dette er en stor Tidende,« sagde Jarlen, »og den må dølges vel.« Så red han hen til Drengene og bad dem at vende om: det var en Skam for gæve Mænd at have sådanne i sit Følge. De holdt sig nu tilbage, men vendte ikke om.

Således kom de til Kongens Gildehal og løb der frem og tilbage. En Gang kom de nær hen til Signe, og hun advarede dem om at drage bort; men det gav de ikke Agt på. Frode talte nu i Hallen om de forsvundne Halvdansønner, og lovede Guld og grønne Skove til den Mand, der kunde komme på Spor efter dem. Dernæst lod han en Spåkvinde hente ind og bad hende at skaffe Klarhed i Sagen ved Hjælp af sin Tryllekunst.

Kvinden sætter sig på Tryllesædet, hun mumler sine Sange og gør sine Kunster. Kongen siger: »Sig os nu, hvad du ser, Kvinde, og svar mig straks, ti meget vil nu åbenbares.« Da åbnede Spåkvinden sin Mund og gispede tungt ligesom en, der taler i Søvne, og hun kvad:

>*To er her inde.*
tro dem ikke,
de der ved Ilden
yderst sidde.«

»Er det Drengene?« råbte Kongen, »eller er det dem, som gemmer dem?« Hun kvad:

>*de som i Vifilsø*   .
vare så længe
og nævntes der
med Hundenavne,
  Hopp og Ho.«

I det samme kastede Signe en Guldring til hende. Hun tog glad mod Gaven og standsede sit Kvad. »Nej,« sagde hun, »dette er galt og nu vildes al min Spådom.« »Jeg skal tvinge dig til at tale,« sagde Kongen, »om du vil svige mig nu; men hvorfor er Signe gået fra sit Sæde? går nu Rævene på Råd sammen i min egen Hal?« Der blev svaret ham, at Signe var bleven syg af den stærke Røg i Hallen. Frode talte Spåkvinden hårdt til og bød hende at sige Sandheden, eller hun skulde blive pint dertil. Da mumler hun atter og gisper, og stønner Ordene frem:

>*Jeg ser dem sidde,*
Halvdans Sønner,
Hroar og Helge,
raske Svende.«

Og hun sprang op fra Tryllesædet og løb frem og kvad:

»Hvasse er Øjnene,
Hams og Hranes;
underfuldt djærve
Ædlinger tvende.«

Da sprang Drengene op og løb ud af Hallen. Kongen byder alle at stå op og søge efter dem. Men Regin, deres Fosterfader, havde genkendt dem, og han slukker alle Lysene i Hallen. Og i Mørket holder den ene Mand den anden, ti der var ikke få, som ønskede dem frelst. Imens nåede Drengene til Skovs. Kong Frode mælte: »Denne Gang var de os nær, og der var mange i Råd og Dåd med dem; dette skal ikke gå uhævnet. Men nu i Aften vil vi drikke.« Regin gik og øste Øllet op, og han sparede ikke på Drikken. Snart faldt de alle i tung Søvn.

De to Brødre sad nu ude i Skoven. Og da de havde siddet en Stund, så de en Mand komme ridende fra Kongehallen og hen imod dem. De kendte, at det var deres Fosterfader Regin, og bød ham velkommen. Han hilste ikke igen, men sagde blot: »Havde jeg noget at hævne på Kong Frode, skulde jeg brænde denne Lund.« Mere end dette sagde han ikke, og så red han tilbage til Hallen. »Hvad mener han?« spurgte Hroar. »Han vil,« svarede Helge, »at vi skal gå til Hallen og indebrænde Kong Frode og hans Mænd.« »Det vil aldrig lykkes, vi to Drenge imod sådan en Overmagt.« »Det må dog gøres,« svarede Helge, »om vi nogensinde skal hævne al vor Harm.« Medens de tændte Ild på Kongehallen, kom også Sævil Jarl til med sine Mænd og hjalp dem. Regin kom ud af Hallen og førte i Stilhed sine Venner og Frænder ud af den.

Kong Frode vågnede inde i Hallen. Han stønnede og sagde: »Jeg har drømt en Drøm, den var sært uhyggelig. Nu skal I høre. Jeg drømte, at der blev kaldt på mig; og så blev der

21

sagt: Nu er du kommen hjem, Konge. Hvor hjem? spurgte jeg barsk. Hjem til Hel, svarede det, og Stemmen var så nær ved mig, at jeg kunde mærke Pustet. Og dermed vågnede jeg.«

Frode rejser sig nu og går igennem Hallen og ud i Døren. Han ser væbnede Mænd, og Hallen i lys Lue. Kongen spurgte, hvem der rådte for dette Værk. Der blev svaret, at Hroar og Helge var Førerne. Frode tilbød dem Forlig og selv at være Dommere i Sagen, ti det var ikke Ret, at så nære Frænder blev hinandens Bane. Helge svarede: »Ingen kan tro dig; du vil svige os, ligesom du sveg vor Fader Halvdan; men det skal nu hævnes.« Frode gik da atter ind i Hallen. Der førte en Løngang fra Kongehallen ud i Skoven; ad denne Vej gik nu Frode. Men da han kom til Enden af Gangen, stod Regin der med draget Sværd. Frode vendte da tilbage til Hallen, og der brændte han inde med mange af sine Mænd.

Således blev Hroar og Helge Konger over deres Faders Rige. Hroar var liden af Vækst, men Helge stor og kraftig. De delte Riget imellem sig, således at Hroar sad hjemme i Landet, men Helge drog med Hærskibene. Han blev derfor kaldt Helge Søkonge. Hroar byggede ved Isefjorden en Købstad, der efter hans Navn blev kaldt Hroarskilde eller Roskilde.

Helge kom en Gang på sine Vikingetog til Kysten af Saksland. Der rådte en Dronning, som hed Aaluf. Hun var storladen af Sind og vant til at føre Sværd og Skjold. Flere Konger havde forgæves bejlet til hende. Da Helges Flåde kom, fandt Dronningen ikke Tid til at samle så stor en Hær, at hun kunde møde ham; hun valgte derfor den Udvej at indbyde ham og hans Mænd til Gilde. Helge drog op med sin Hær; han blev bænket i Højsædet sammen med Dronning Aaluf, de drak sammen hele Kvælden. Ud på Aftenen bejlede Helge til Aaluf og sagde, at deres Bryllup skulde være med det samme. Hun lod, som hun ikke var uvillig, og Gildet gik videre frem. Men da Kong Helge skulde følges til Sengs, var han tung af Drik og faldt straks i dyb Søvn. Hun ragede da Håret af ham og gned hans Hoved ind med Tjære. Dernæst drog hun en stor Skindsæk over ham, og lod sine Folk bære den til Skibet. Så vækkede hun Helges Mænd, og sagde at deres Konge var gået om Bord, fordi Børen var god. De drog da ned til Skibene. De så ingensteds Kongen, men de fandt en stor Skindsæk. Og imens de ventede efter ham, gav de sig til at åbne Sækken. Da lå deres Herre der, ilde medhandlet; han vågnede fuld af Harme. Men idet han samlede sine Mænd, hørte de, at der blev blæst i Horn og Krigslurer rundt omkring oppe i Landet; ti Dronning Aaluf havde om Natten sendt Hærbud til alle Sider. Han så da ingen anden Udvej end at gå om Bord og at sejle bort med den Forsmædelse, han havde lidt.

Det varede ikke længe, før Helge atter drog til Saksland. Han sejlede ved Nat ind i en afsides Vig, og gik i Land med en Kiste fuld af Guld og Sølv. Han iførte sig tarvelige Klæder og gik op mod Dronningens Gård. Han traf en Træl udenfor Gården, og sagde til ham, at han var en omstrejfende Tigger og at han havde fundet en Skat ude i Skoven; nu skulde Dronningen have Guldet, som Lov og Ret var, og så kunde hun give ham i Findeløn, hvad hun fandt for godt. Han viste Trællen, hvor Guldet lå, og gav ham et Halsbånd og en Ring med, til at vise Dronningen. Dronning Aaluf var meget grisk efter Skatte, hun drog straks ud med Trællen for at se det fundne Guld. Da var Kong Helge der og førte hende til sine Skibe. Hun sagde, at nu var hun villig til at holde deres Bryllup. »Nej,« svarede han, »så gode Vilkår skal du ikke have; for mit Rys og min Æres Skyld vil jeg ikke dække over den ilde Medfærd, du gav mig.« Kongen havde Dronningen hos sig på Skibet mange Nætter. Siden drog hun hjem med stor Harm og Ærgrelse.

En Tid senere fødte Dronning Aaluf et lille Pigebarn. Hun nærede dybt Had til dette Barn, og da hun havde en Hund, der hed Yrsa, kaldte hun Barnet med dette Navn. Det var kun såre få, der vidste, at Dronningen havde bragt Barn til Verden; det blev opfostret af en Husmand og hans Kone. Yrsa voksede til og blev meget fager, hun vogtede Husmandens Køer i Skovkanten. Helge drog på Tog mod andre Lande og blev en stor Høvding; kun om Vinteren var han hjemme.

Silde en Juleaften lå Kong Helge i sin Seng; det var Uvejr udenfor. Han mærkede, at der var nogen ved Døren, og han syntes, det var ukongeligt at lade en Stakkel stå ude i det Vejr. Han gik frem og åbnede; der sad et lille fattigt og pjaltet Væsen udenfor. »Du skal have Tak, Konge,« siger hun, og træder ind i Stuen. Kongen sagde, hun kunde rede sig et Leje med Halm og Bjørneskind; men Pigen bad om at måtte hvile i Sengen. Han ynkedes over Barnet, og sagde at hun kunde lægge sig med Klæderne på nærmest Sengestokken. Hun steg op, og Helge vendte sig mod Væggen for at sove. Der brændte Lys i Stuen.

Da en Stund var gået, skottede Kongen til hende, og så da en dejlig Kvinde ligge der, iført Silkekjortel. Han vender sig mod hende og griber hende i sin Favn. Om Morgenen sagde hun: »Nu har du haft din Vilje, Konge, og vi skal have Barn sammen; men glem ikke, hvad jeg siger, at næste Vinter ved denne Tid skal du hente det nede ved dit Skibsnøst.« Og i det samme var hun borte fra ham. Helge følte sig lettere, da han ikke så hende mere, og snart glemte han, hvad der var sket.

Tre Vintre senere ved Midnatstid red tre Skikkelser til Kongens Sovestue. En af dem, en Kvinde, stod af Hesten og lagde et lille Pigebarn ved Indgangen, og hun mælte: »Konge, her har du Skuld, vor Datter; men det skal du vide, at dine Ætmænd må undgælde for, at du ikke adlød mig.« Straks red de bort igen, og Kongen så dem aldrig siden. Skuld voksede op i Lejre, hun viste sig snart hård og grum af Væsen.

Helge kom på sine Vikingetog en Gang til Saksland. Han gik ene i Land for at spejde. Han traf i Skoven en ganske ung Kvinde, der vogtede Køer; hun var så fager, at han aldrig havde set nogen, der var som hende. Han spurgte hende om Navn og Byrd. Hun svarede, at hun hed Yrsa og var Husmandsdatter her fra Torpen. »Da tyder dit Blik ikke på Trællestand,« sagde Helge, »du skal følge med mig og blive min Hustru.« Så sejlede de til Lejregård og holdt Bryllup. Helge var glad ved Festen, men Hroar tavs, og han sagde at det forekom ham sælsomt, at hun så stærkt lignede Skjoldungætten. Helge og hans Hustru elskede hinanden højt. De fik en Søn, der blev kaldt Rolf, og som siden blev en navnkundig Konge.

Husmanden gik til Dronning Aaluf og fortalte, at hendes Datter var bortført af Kong Helge; senere spurgte hun også Tidende om deres Bryllup. Hun glædede sig over, at der nu vilde hænde Helge en Skam og Ulykke, der ikke var mindre end hendes egen.

Nogle År senere sejlede hun til Danmark og sendte Bud til Dronning Yrsa om at komme til hende. »Er du også glad ved dit Giftermål?« spurgte Aaluf. »Jeg må vel være glad,« svarede hun, »når jeg har den ypperste Konge til min Husbond.« »Der er ringe Grund til at glæde sig; han er din Fader, og du er min Datter.« »Da er min Moder den værste og grummeste Kvinde i Verden,« svarede hun, »og dette kan jeg aldrig glemme.« »Det må du takke Helge for; men nu skal jeg vide dig Ære og alt Hensyn, så godt jeg kan; men længe vil Skjoldungerne huske mit Fjendskab.«

Yrsa gik til Hallen til Kong Helge og sagde ham deres Sorg. »Du har en grum Moder,« sagde han, »men helst vil jeg lade alt blive som det er.« Men Yrsa vilde ikke længer leve sammen med ham, og så fulgte hun med Dronning Aaluf til Saksland. Da var hendes Søn Rolf tre Vintre gammel; han voksede op på Lejre.

Senere giftede Dronning Aaluf sin Datter bort til Kong Adisl af Sverig. Hun kom aldrig til at unde sin Husbond vel. Helge kunde ikke mere finde Fred i Hjemmet, han forlod sit Fædreland og var altid på Vikingetog, indtil han faldt fjærnt i Østerled.

Rolf Krake

ROLF, Kong Helges Søn, var ung af År, da han kom til ene at råde for Riget. Han var tidlig høj og slank; klog af Sind og alvorlig. Han var venlig mod alle, gav gærne sit Guld bort til sine Mænd. De elskede ham meget for hans herlige Gaver og fordi han ofte førte dem til Sejr, og alle de bedste Kæmper søgte til ham.

Der var en Kæmpe, som hed Bjarke; han drog til Sjælland for at komme i Kong Rolfs Tjeneste. Ved Aftentid kom han til et lille Hus og fik Husly der Natten over. Han spurgte ud om Kong Rolf og hans Mænd; men imens han talte, gav Konen sig til at græde ganske højt. »Hvad græder du for, din dumme Kælling?« sagde Bjarke. Så fortalte hun det: »Jeg og min Mand har en Søn, der hedder Hjalte. Han gik en Dag op til Kongsgården for sin Fornøjelse; men Kongens Mænd tog ham og drillede ham, og de satte ham i den Dynge, hvor de kaster afgnavede Ben, når de spiser; og nu plejer de at kaste Benene efter ham, så jeg ved knap, om han er i Live eller død. Men det vil jeg bede dig om til Løn for min Gæstfrihed, at du heller kaster små Ben på ham end store.« »Det kan jeg gærne love,« sagde Bjarke, »men jeg finder det ikke meget mandigt at kaste Ben på Folk eller gøre Småfyre Fortræd.«

Næste Dag kom Bjarke til Lejregård. Han satte sin Hest i Stald, trådte selv ind i Hallen og satte sig nærved Døren. Han havde ikke siddet der længe, før han mærkede lidt Støj i en Krog af Hallen; han så der en Bendynge, og en sort Hånd, der kom frem af Dyngen. Bjarke gik hen og spurgte, hvem det var. Inde i Dyngen svarede det ganske sagte: »Jeg hedder Hjalte.« »Hvad gør du her?« spurgte Bjarke. »Jeg laver mig en Skjoldborg,« svarede det inde fra Dyngen. »Den Skjoldborg dur ikke meget,« sagde Bjarke og trak ham ud af Dyngen. »Lad være, lad være, det bliver min Død!« skreg Hjalte, »nu har du revet min Skjoldborg i Stykker, og jeg havde lige fået den så høj, at den dækkede mig mod alle jeres Kast.« »Du skal ikke mere lave Skjoldborg,« sagde Bjarke, og han trak ham ud af Hallen hen til Vandingen og toede ham helt ren. Så gik han tilbage til sin forrige Plads og satte ham ved Siden af sig; Drengen var så rædd, at både Arme og Ben gik på ham, men han kunde jo nok mærke, at det var Mandens Mening at hjælpe ham.

Ud på Aftenen kom der Folk i Hallen, Kæmperne så Hjalte sidde på Bænken og fandt ham vel dristig. Hjalte vilde smutte tilbage i sin Bendynge, men Bjarke holdt på ham. Kæmperne begyndte nu efter deres Vane at kaste afgnavede Ben tværs over Hallen til Bjarke og Hjalte. Bjarke lod, som han ikke så det; men Hjalte turde af Skræk hverken æde eller drikke. »Bjarke,« skreg han, »der kommer en stor Knude lige i Hovedet på dig!« Bjarke tyssede på Drengen og fangede Benet i sin hule Hånd; så sendte han det tilbage til den, der havde kastet det, lige i Panden, så at han faldt død om.

Der kom stort Røre på alle Huskarlene, og Rolf blev kaldt til. »Det er en ond Skik, som I har lagt jer til,« sagde han, »en Vanære for mig og stor Skændsel for jer selv.« Så spurgte han Bjarke, om han til Bod vilde træde i den faldne Huskarls Sted. »Jeg vil nok være din Mand,« svarede Bjarke, »men jeg skilles ikke fra Hjalte, og jeg vil selv finde min Plads i Rækken.« »Han ser ikke ud til så meget, men Kosten vil jeg da ikke nægte ham,« svarede Rolf. Bjarke gik langs Huskarlenes Række, og et Sted rykkede han tre Mænd op fra Bænken og tog Plads der sammen med Hjalte. Huskarlene holdt fra da af Fred med den ny Kæmpe.

Ud på Vinteren kom der en Bjørn, som gjorde stor Skade på Kongens Kvæg. Flere Gange blev der sendt Folk imod den, men det kostede de fleste af dem Livet. Kongen sagde, at han vilde hellere miste sine Køer end sine bedste Huskarle, og bød at ingen mere skulde jage efter den. Men om Natten kaldte Bjarke på Hjalte til at følge sig ud i Skoven. Hjalte sagde, at det var deres visse Død, men Bjarke fik ham dog ud med sig. Da Drengen så Bjørnen, gav han sig til at skrige; men Bjarke slængte ham hen ad Jorden, ligesom man gør med en Hundehvalp, og bød ham tie stille. Hjalte lå stille som en Mus. Bjarke gik imod Dyret, og lige idet det rejste sig, stødte han sit Sværd i dets venstre Bov og helt ind til Hjærtet. Bjarke gik så hen og tog Hjalte, bar ham til Dyret, og sagde at han skulde drikke af dets Blod. Hjalte var bange og vilde ikke, men Bjarke nødte ham dertil. Han drak da tre Gange af det varme Blod, lige som det strømmede ud af Såret. »Nu tænker jeg ikke mere, du er rædd for Kongens Huskarle,« sagde Bjarke. »Jeg er hverken rædd for dem eller for dig,« svarede Hjalte. — Næste Morgen gik de for Kongen og sagde, at de havde dræbt Bjørnen. »Jeg vil tro dig i Stand dertil,« svarede Rolf, »og man skal lede længe efter din Lige; men dog synes jeg, det er dit største Værk, at du har gjort en Kæmpe ud af Hjalte.«

Agnar Ingjaldssøn hed en Kæmpe af Skjoldungernes Æt, en vild Viking. Han kom med sin Flåde til Lejre og bejlede til

28

Rolfs Søster Hrut. Rolf vilde ikke gøre Agnar til sin Fjende ved at nægte ham hende, og samtykkede i Brylluppet. Men Bjarke æskede ham til Tvekamp, inden han hjemførte Hrut. Således blev Bryllup og Tvekamp holdt på samme Dag.

Det var Skik i gamle Dage, at man ikke huggede i Flæng, men først hug en af de kæmpende, og så den anden; Modstanderen måtte kun dække sig mod Hugget. Agnar havde første Hug, ti han var højbyrdigst. Han hug imod Bjarkes Hoved, så Hjælmen kløvedes, og ind i Panden, men Sværdet brast imod hans Pandeskal. Bjarke blev gram, da Blodet randt ned, men han tog sig dog Tid til at hugge. Han trådte med den ene Fod fast på en Træbul og hug af al sin Styrke mod Agnars Side. Han hug hans Legem tværs over, og Stykkerne faldt hvert til sin Side. Man hørte Agnar le i Døden, ti der kom aldrig Klageord over hans Læber. Derefter stod Rolf frem og sagde: »Nu véd jeg ingen Mand, der er mere værdig til at få min Søster, end du er, både for din egen Styrke og for den Hjælp, jeg har af dig.« Nu blev atter Kampen ombyttet med Brudegilde, og de drak Bryllup for Rolfs Søster og den ypperste af hans Kæmper.

Kong Rolf fik Lyst til at gense sin Moder, Dronning Yrsa i Upsal. Han sejlede derfor til Sverig og lagde ind i Mælarsøens Munding; derfra red han med udvalgte Kæmper til Kongsgården i Upsal. Adisl var lidet glad ved sin Stedsøns Komme, men han vilde ikke åbenlyst stride imod ham. Rolf og hans Kæmper blev bænkede i Kongehallen langs med den ene Langvæg. Der var tændt store Bål på Gulvet, og Adisls Trælle kastede mere og mere Ved på Ilden. Luerne sved deres Kapper og Randene af deres Skjolde, og Svenskerne spurgte spottende, om det var sandt, hvad man sagde, at Kong Rolf og hans Mænd hverken flyede Ild eller Jærn. Men da Heden blev for hård, rejste Rolf sig og sagde: »Den flyr ej Ilden, som over den springer.« Og i det samme kastede han sit Skjold på Ilden og sprang så over Bålet. Hver af Kæmperne kastede også sit Skjold og sprang over. Dernæst sagde de: »Øge vil vi Ilden i Adisls Gårde,« og greb Adisls Trælle og kastede dem på Ilden. Adisl var selv i Tide undflyet.

Rolf og hans Mænd skyndte sig nu til deres Heste. Hans Moder gav ham til Afsked et stort Drikkehorn fuldt af Kostbarheder. Rolf og hans Kæmper red ned over Sletterne langs Åen Fyris, for at nå til deres Skibe. De havde ikke redet længe, før de hørte Krigslurer, og så en stor Hær af Svenske, som red efter dem. Men Rolf tog ned i Hornet og hentede Ringe og Smykker frem. Dem såede han langs ad Vejen. Da Svenskerne så Guldet, sprang de af Hestene for at samle det op, og mange af dem kom op at strides om det. Adisl skyndede på sine Mænd, at de ikke skulde lade sig afholde fra Forfølgelsen, og selv red han så stærkt som Hesten kunde bære ham. Da han var helt nær, tog Rolf Ringen Sveagris ud af Hornet (den var Upsalkongernes gamle Klenodie) og kastede den på Vejen. Da standsede Adisl sin Hest og bøjede sig ned for at fange den på sin Spyds-Odd. Men Rolf råbte spottende til ham: »Svinebøjet har jeg nu den ypperste af Svenskerne.« Således slap Rolf og hans Kæmper ned til Skibene og sejlede atter til Danmark.

En Gang kom der en fremmed Ungersvend, som hed Vigge, til Kong Rolfs Hal. Han gik frem foran Kongen og så længe på ham. »Hvad tænker du,« spurgte Rolf, »siden du ser så længe på mig?« Vigge svarede: »Den Gang jeg var hjemme, hørte jeg, at Kong Rolf på Lejre var den største Konge i Norden; men nu sidder der en ussel Krake i Højsædet.« (Sådan kalder man jo en tynd og afkvistet Træstamme.) »Du har givet mig Navn,« siger Kongen, »at jeg skal hedde Rolf Krake; men med Navnet plejer der jo at følge en Gave, og da du ikke har stort at give af, må jeg vel til det.« Med disse Ord tog han en Guldring af sin Arm og rakte Vigge den. Vigge gik nu med Ringen på sin højre Arm og holdt den synlig for alle, men gemte sin venstre Hånd på Ryggen. Rolf tiltalte ham da på ny og spurgte, hvorfor han bar sig således ad. Vigge svarede, at den venstre Hånd skammede sig ved at være så fattig ved Siden af den anden. Da gav Rolf ham en Guldring til, for at Hænderne kunde være lige gode. Men Vigge stod frem og sagde højt for alle, at hvis Rolf nogen Tid skulde falde for Fjendehånd, da vilde han hævne det på Kongens Ranemand. »Lidt kan gøre Barnet glad,« sagde Kong Rolf, og smilede dertil.

Der var i Danmark en Mand, der hed Hjarvard. Rolf gjorde ham til Jarl i Skåne og gav ham sin Søster Skuld til Ægte. Men Skuld var lidet tilfreds med, at hun, som var Kongedatter, skulde være en Jarls Hustru, og hun æggede sin Husbond op til at fælde Rolf og sætte sig selv på Tronen. Efter hendes Råd sendte han Bud til Rolf og bad om, at han i tre År måtte vente med at svare Skat, og Kongen gav sit Samtykke dertil. I Løbet af denne Tid brugte han alle Pengene til at skaffe sig Våben og Krigere. Endelig ved Udgangen af det tredje År kom han ved Juletid sejlende til Lejre. Skibene var tungt ladede og tildækkede med Sejl, som om Skatten var om Bord; men i Virkeligheden var der væbnede Mænd. Hjarvard og Skuld sad ved Gildet hos Rolf, og der var stor Lystighed; men da alle var tunge af Øllet, gik de atter ned til deres Skibe.

Hjalte havde været ene ude. Da han kom tilbage, så han væbnede Skarer i stor Mængde drage op mod Lejregården, og han kaldte med høj Røst: »Vågn nu op, Bjarke og alle Kæmper, Rolfs tapreste Huskarle, I der var med på Adisl-Toget. Jeg kalder jer ikke til Vin eller Gammens-Tale, men til tunge Sværdhug. Nu skal det prøves, om vi kan holde de Løfter, vi gav vor Konge i Gildehallen, den Gang han skiftede Guld og Brynjer iblandt os. Nu følger vi ham i Døden, og hævner hans Fald, og når vi ikke kan kæmpe mere for Frelse, da strider vi for Mindet og Æren!«

Da rejste Kæmperne og deres Konge sig, tog Våben og gik Fjenderne i Møde ved Borgens Indgang. Man så en stor Bjørn kæmpe med, den knuste mange med sine Tænder eller slog dem med sin Lap, og den holdt sig altid nær ved Kong Rolf. Mange faldt også for Rolfs og hans Kæmpers Sværd; men af Hjarvards Mænd kom der altid fler og fler. Hjalte kunde ingen Sted få Øje på Bjarke, og han spurgte Rolf, om han havde set ham. »Kæmp kun videre,« sagde Rolf, »han er nok der, hvor han hjælper os bedst.« Men Hjalte løb tilbage til Hallen, og så der Bjarke liggende og sove. »Op nu Bjarke, eller jeg brænder Stuen af over dig! vil du gennes med Blus og Brand, som en Bjørn der jages? det er tredje Gang, jeg kalder på dig, du som ellers var den første i Faren.« »Last mig ikke,« siger Bjarke, nu spænder jeg Brynje og fatter om Sværd; men af ingen anden end af dig skulde jeg have tålt sådanne Ord, — det kan dog være, du ikke har tjent din Konge så godt dermed, som du tror.« Han gik nu ud i Striden: i det samme forsvandt Bjørnen, og Kampen gik nu tungere for de danske. Bjarke tog med begge Hænder om Sværdfæstet og huggede ned for Fode, indtil der lå en Vold af Lig omkring ham. Men en efter en bukkede Kæmperne under. Rolf blev fældet. Bjarke segnede med mange Sår, og lagde sig døende ved sin Herres Hoved, og Hjalte ved hans Fødder. Således dækkede de hans Lig mod Ravn og Ørn, og vidnede endnu i Døden, at de havde fulgt ham med Troskab.

Næste Dag lod Hjarvard stævne Ting og blev tagen til Konge over Danmark. Han klagede for alle over, at ikke en eneste af Rolfs tapre Kæmper var bleven i Live og kunde træde i hans Tjeneste. Da trådte Vigge frem og tilbød at blive hans Mand. Kong Hjarvard blev glad og rakte sin dragne Sværdklinge frem imod ham, for at han på den skulde sværge Troskabs-Ed. Men Vigge svarede, at således plejede Rolfs

Mænd ikke at sværge Troskab. Hjarvard rakte ham da Hånd-fæstet af Sværdet til at sværge på; Vigge greb om det og stødte det i Hjarvards Bryst. Således fik Hjarvard ikke mere Glæde af sin Svig end at være Konge fra Morgenstund og til Middag. Hirdmændene sprang til for at dræbe Vigge. Men inden han faldt, råbte han, at han gærne vilde lade Livet, nu da han havde fået sit Løfte opfyldt og hævnet sin Herres Død.

Amled

OVER en Del af Jylland rådte en Konge, der hed Ørvendel. Men hans Broder, der hed Fenge, lod ham hemmelig myrde, tilvendte sig hans Rige og ægtede hans Enke. Kong Ørvendel havde efterladt sig en Søn ved Navn Amled. Han kunde vente sig samme Skæbne som sin Fader, men han undgik den med List. Han lagde sig stadig i Ildstedet og rodede i Asken, så at alle antog ham for en Galning, og de Svar, han gav, kunde kun styrke denne Mening yderligere. Han lå og lavede Trækroge, som han hærdede i Emmerne. Når man spurgte, hvad de var til, svarede han, at det var Spyd til at hævne hans Faders Død. Dette vakte stor Latter i Kongehallen, og når Amled passede omhyggelig på dem og gemte dem, fandt man det endnu morsommere.

Men Fenge og hans Rådgivere var dog ikke helt sikre på, om han i Virkeligheden var så tåbelig eller kun på Skrømt teede sig sådan. Fenge bød da nogle af sine Mænd at få Amled ud med sig og at give nøje Agt på, hvad han sagde eller foretog sig. Da de trak en Hest frem til ham, satte han sig baglæns på den, og da de red ud, tog han den ved Halen i Stedet for ved Tømmen. Ude i Skoven mødte de en Ulv, og de fortalte ham at det var en lille Hest; han svarede, at af den

Slags Heste var der ikke mange i Fenges Hær. Så kom de ud til Stranden og viste ham et Ror, der lå og var drevet i Land. Det var en stor Kniv, sagde de. Så må det også være en stor Ost, der skæres med den, svarede Amled; han tænkte derved på Havet. De kom til Klitterne og spurgte ham, om han havde set så meget Mel før. Det må være malet på en stor Mølle, sagde Amled; det var jo Stormen og Bølgerne, han tænkte på. Sådan holdt han dem for Nar, uden at han dog sagde nogen Løgn. Da han kom hjem, spurgte man ham, hvor han havde været henne. Han svarede, at han havde siddet på Hustag og Hanekam. Da blev der stor Latter i Hallen; de vidste nemlig ikke, at han havde været i Mosen, og at der groede Tækkerør og Hanekam-Blomster der.

En af Fenges Rådgivere tilskyndede dog til at sætte ham yderligere på Prøve: man skulde lade ham være alene med sin Moder i hendes Fruerstue, og så skulde en være skjult i Sengelukket for at lytte efter deres Samtale; ti hvis der var Skønsomhed i ham, skulde det nok komme frem, når han var sammen med Moderen. Rådgiveren tilbød selv at være den, der lurede på ham.

Dette blev sat i Værk. Fenge brød op fra Kongsgården som for at rejse bort; Spejderen listede sig til Fruerstuen og gemte sig i Sengehalmen. Amled kom derind, men var på sin Post overfor Lurere. Han galede som en Hane, slog med Armene som Vinger, sprang op på Sengekanten og hoppede om i Halmen, for at mærke om der var nogen skjult. Og da han følte, at der lå en, stak han sit Sværd igennem ham og halte ham frem. Så hakkede han Kroppen i Stykker, kogte Stumperne ved Ilden og kastede dem ud på Møddingen til Svinene.

Da han kom ind igen i Stuen, jamrede hans Moder over, så forvildet og vanartig en Søn hun havde. Men Amled bad hende ikke at klage over ham, men over sin egen Skændsel;

den ene Dag blev hendes Husbond dræbt, og den næste gik hun over i hans Drabsmands Favn, så villig som en Hoppe, der altid følger den stærkeste Hingst, ikke som en Kvinde eller en Konges Hustru. Og dog er den Niding, som ranede hans Liv, rede til at føje nye Mord til sin første Dåd. Vanviddet er mit Skjold, og mod hans Nidingefærd er Snildhed mit eneste Værn, imens jeg venter på det Øjeblik, hvor jeg kan hævne min Faders Død. — Da Fenge kom hjem, kunde han ingensteds finde sin Spejder, og spurgte om ingen havde set ham. Da man kom til Amled med dette Spørgsmål, svarede han, at han var gennem Affaldslemmen gået ud til Svinene, og de havde ædt ham. Det var jo sandt nok, men det lød som den pure Galskab.

Fenge var dog besluttet på at rydde ham af Vejen, men for sin Hustrus Skyld turde han ikke selv lade det gøre, men sendte ham over til Englands Konge for at det kunde ske der. Amled sagde Farvel til sin Moder og bad hende sagte, om at tjælde Hallen med løse Tæpper, og om at holde hans Gravøl Årsdagen efter hans Rejse. Fenge sendte to af sine Huskarle med, og gav dem et Brev, der efter gammel Skik var skrevet med Runebogstaver på Træ; heri stod der, at den engelske Konge skulde dræbe Stedsønnen. Amled ledte i deres Gemmer, imens de sov, og fandt Runekævlen; han skrabede det skrevne ud, og ridsede en ny Skrift ind, om at Kongen skulde lade de to Huskarle hænge, men give Kongesønnen sin Datter.

De kom til Englandskongen, og Sendebuddene overgav ham Brevet, som var til deres eget Fordærv. Kongen modtog dem alle vel, og trolovede ham med sin Datter. Men næste Dag lod han Sendemændene klynge op i Galgen. Amled lod, som om han var krænket herover, og fik Kongen til at betale Bod for deres Død; dette Guld lod han smælte og hælde i to hule Stokke, så at han kunde føre det med sig.

Da Året var omme, drog han hjem, og medtog af al sin Ejendom kun de to Stokke med Guld. Da han kom til Jylland, påtog han sig sit gamle Væsen. Pjaltet og snavset trådte han ind i Kongehallen, netop imens man drak hans Gravøl. Først gøs de alle, og så lo de ad ham.

Da de spurgte om hans Ledsagere, viste han dem sine to Stokke; »her er den ene,« sagde han, »og her er den anden.« Så tog han Plads blandt Skænkerne, øste i Hornene og drak for. Han havde spændt Sværdbæltet om sig, for at korte sin Kjortel op, og nu gik han og trak Sværdet ud og følte på dets Ægg; men da han havde skåret sig til Blods i Fingrene, var der en af Gæsterne, som slog et Søm igjennem Skeden, så at Sværdet ikke kunde drages. Efterhånden fik han dem alle drukne, de lænede sig tilbage og sov ind.

Nu var Tiden kommen til hans Hævn. Han tog de krumme Trækroge frem af sin Kjortels Folder, og skar Tæpperne ned fra Væggen, så at de faldt udover de sovende Huskarle, og fæstede dem med Krogene, så at ingen, som var derinde, kunde rive sig løs. Så satte han Ild på Hallen. Dernæst gik han til den Stue, hvor Fenge sov, tog det Sværd, der hang over hans Seng, og hængte sit eget på dets Plads. Han vakte sin Farbroder, og råbte at hans Huskarle brændte inde, Amled var kommen med sine Trækroge for at hævne sin Faders Død. Fenge sprang op og greb efter Sværdet; men inden han kunde drage det, havde Amled gennemboret ham.

Kongsgården brændte helt ned, og da Folk i Mængde samledes ved Tomten, stævnede Amled dem til Ting. Han talede for dem om hvorledes Fenge havde dræbt sin Broder, Kong Ørvendel, og hvorledes han selv kun ved List havde reddet sit Liv, og nu endelig havde hævnet sin Faders Død. Da råbte de alle, at han skulde være deres Konge.

Øder og Sigrid

KONG Sigvald i Danmark havde en Datter ved Navn Sigrid. Hun var meget fager af Udseende, men tillige så bly, at hun aldrig mødte nogen Ungersvend med sit Blik. Hun havde mange Bejlere, og en af dem var Øder, Søn af en Storbonde, der hed Ebbe. Der var også en Jætte, som havde fattet Attrå efter den dejlige Jomfru; han skabte sig i Skikkelse af en Kvinde, der lokkede Kongedatteren ud med sig; og da viste han sig pludselig i Jætteskikkelse og førte hende bort til sin Hule.

Øder Ebbesøn drog ud for at finde hende; ude blandt Bjærgene stødte han på Jætten, som han fældte, og befriede Kongedatteren. Han fandt hende inderst i Hulen; hendes Hår var snoet og filtret om Stenen således, at han ikke kunde skaffe hende ud uden ved at skære det over. Han søgte at få hende til at slå sit Blik op imod ham; men hun var lige så uvillig som før og flygtede bort over Fjælde og gennem Skove.

Således kom hun til en gammel Heks, der boede i Skoven, og blev af hende sat til at vogte Geder. Også her fandt Øder Vej til hende og udfriede hende af Heksens Magt. Hun brød sig dog ikke mere om hans Bejlen end tidligere, men vandrede bort alene. Gennem dybe Skove, over Bakker og Dale kom hun til Ebbes Gård, og nævnte sig som Tiggerpige.

Men Øders Moder kendte trods Pjalter og Rifter, at hun var et Skud af ædel Rod, satte hende på Hædersbænken og lod hende blive der i Huset. Øder kom atter til hende med sin Bejlen, men forgæves søgte han at få hende til at aflægge det Slør, hvormed hun nu altid skjulte sit Åsyn. Da alle andre Midler var forgæves, lod han på Skrømt holde sit Bryllup med en anden Jomfru, og Sigrid blev udset til om Aftenen at bære Brudelys. Lysene var næsten brændte ned, og Ilden sved hendes Fingre, men hun rørte ikke sin Hånd eller ændrede en Mine, ti det brændte endnu stærkere i hendes Sjæl. Da bad Øder hende at tage sin Hånd i Vare, og hun løftede taknemmelig sit Blik imod ham. Men da var også det skrømtede Bryllup forbi, og Sigrid blev selv Bruden.

Alf og Alfhild

FORDUM var der Kvinder, som ikke tragtede efter Elskov eller hjemlige Sysler, men foretrak Krig og Hærfærd. De klædte sig i Mandsklæder, øvede sig i Våbenbrug og drog ene eller mange i Flok med Krigerne på Vikingetog. Man kaldte dem Skjoldmøer.

Kong Sigurd i Gøtland havde en Datter Alfhild, som var meget fager, og som han vågede nøje over. Han lod bygge hende et afsides Jomfrubur, og dets Indgang vogtedes af en Øgle og en Lindorm. Derhos lod han kundgøre, at enhver, som forgæves prøvede på at nå derind, skulde miste sit Hoved, og det skulde sættes op på en af Burets Pæle.

Alf, Søn af Kong Siger i Danmark, lod sig ikke afskrække fra at bejle til hende. Klædt i en Kappe af blodig Oksehud og med en glødende Jærnkile båret i en Tang drog han op mod Buret. Han kastede det brændende Stål i Øglens Svælg, således at Dyret omkom, og da Lindormen skred ud imod ham, stødte han sit Spyd i dens opspærrede Gab, så hårdt at den lod sit Liv. Så gik han til Kong Sigurd og bejlede til hans Datter. Kongen svarede, at det afhang af hendes eget Samtykke.

Men Alfhild vragede hans Bejlen, og derefter lod hun sig skære Mandsklæder og drog på Hærfærd sammen med andre unge Møer, der var af samme Sind som hun. De traf på en Vikingeflåde, hvis Høvding nylig var død, og Vikingerne valgte hende på Grund af hendes smukke Vækst til være deres Fører. Alf var imidlertid draget ud med sine Skibe for at opsøge hende, og han havde mange Æventyr på sin Vikingefærd. Til sidst kom han til Finland. Han vilde sejle ind i en dyb Vig, men hans Spejdere mældte ham, at der allerede lå Vikingeskibe derinde. Det var Alfhild, som var kommen der i Forvejen. Da hun så de fremmede Skibe, lagde hun straks til Angreb på dem. De danske så med Undren deres Modstanderes smukke og slanke Vækst.

Alf bød sine Mænd ikke at møde med flere Skibe end Fjenden havde. Selv lagde han sit Skib mod den fremmede Høvdings, sprang over i dets Stavn og kæmpede sig frem under stort Mandefald. En af hans Ledsagere, som hed Borkar, hug Hjælmen af den fjendtlige Høvding, og med Undren så man på hendes lange Hår og skægløse Hage, at det var en Kvinde, og han kendte Alfhild. Da bød Alf at standse Kampen, og Alfhild fulgte nu villig med og blev hans Hustru.

Hagbard og Signe

SIGER havde sit Kongesæde i Sigersted på Sjælland, han havde flere Sønner og Datteren Signe. To af Kong Sigers Sønner drog på Vikingetog og stødte sammen med Høvdingen Håmunds Sønner; den ene af dem faldt, men den anden, som hed Hagbard, hævnede siden sin Broders Død ved at fælde begge Kongesønnerne. Men Hagbard havde Kong Sigers Datter kær; og da han efter denne Strid ikke turde komme åbenlyst til Kong Siger, forklædte han sig som Kvinde og kom til Kongsgården, hvor han udgav sig for en Skjoldmø af Håmunds Hær.

Han blev modtaget vel og vist til Herberg i Jomfruburet. Tærnerne, som vadskede hans Fødder, undrede sig over, at de var så hårde. Men han svarede dem: »Det er ikke at undres over, om min Fod ikke er så blød som andre Jomfruers. Gennem Skove og over Strande har jeg vanket, ofte pløjet Bølgen med Skibets Køl; min Hånd har ofte svinget det blodige Spyd, og Brystet har været snæret ind af Brynjens Ringe.« Da de vilde give ham Leje blandt Tærnerne, svarede han, at han var vant til bedre Sengefælle end Trælkvinder, og da lod Signe den fremmede Mø dele Leje med sig.

For hende gav han sig til Kende som Hagbard, hendes Bejler. »Om jeg kommer i din Faders Magt, da er Døden mig vis, jeg har fældet hans Sønner og gæstet hos hans Datter uden hans Minde; men sig mig Signe, min Brud, hvad skal din Lod være, når du ikke hviler længer i Hagbards Favn?« »Der skal ikke ramme dig nogen Død så tung, uden at jeg tør lide den samme, din kongebårne Brud skal aldrig svige sin Bejler.«

Om Natten blev det røbet for Kong Siger, at det var en Ungersvend, der havde gæstet hos hans Datter. Kongens Huskarle trængte ind i Buret. Mange af dem faldt, men til sidst blev Hagbard overmandet og bunden. Og han blev dømt til at hænges.

Hagbard blev nu ført ud til Galgebakken. For at prøve sin Fæstemøs Troskab, bad han Svendene at hænge hans Kappe op i Galgen, det vilde være ham en sidste Glæde at se den flagre i sit Sted deroppe; og det gjorde de da. Signe spurgte sine Møer, om de var villige til at dele hendes Skæbne, og det lovede de alle.

Da man fra Jomfruburet så Kappen i Galgen, troede de, at Hagbard nu var død og hun tændte da sit Bur i Brand, dernæst hængte hun sig, og hendes Møer gav sig Døden på samme Måde. Men da Hagbard så Luen stige op fra Kongsgården, jublede han: »Løft mig nu i Galgen, Svende! gærne træder jeg Dødningestien herfra, når jeg har så stolt et Følge.

Signe er gået forud ad den ukendte Vej, intet kan skille vor Elskov, når Døden ikke kunde».

Endnu viser man ved Byen Sigersted den Høj; hvor Hagbard blev hængt, og Stedet hvor Signes Bur har stået.

Hjalmar og Angantyr

ARNGRIM hed en Kæmpe eller Bersærk, der boede i det sydlige Sverig, i de folketomme Egne og brede Skovåser, der kaldes Bolm. Han havde tolv Sønner, den ældste af dem hed Angantyr. De var alle stærkere end Mænd er flest; men når Raseriet kom over dem, da var intet i Stand til at modstå dem. Da brølte de som Vilddyr, bed i Skjoldrandene, brødes med store Stene og rykkede Træer op med Rod. De drog på Vikingetog, men de var ikke flere sammen på Skib end de tolv Brødre, ti det var hændt dem, at de i Bersærkeraseriet havde dræbt deres egne Mænd.

En Juleaften i Bolm gjorde Kæmperne Løfter om Storværker, de vilde udføre. Angantyr lovede, at han vilde ægte Upsalkongens Datter, Ingeborg den fagre, eller også lade sit Liv. Alle de tolv Arngrimssønner drog til Upsal og trådte ind i Kongens Hal, Angantyr gik forrest og krævede Kongens Datter.

Medens Kongen sad og tav, rejste en af hans Mænd, som hed Hjalmar, sig og trådte frem for Kongen. Han sagde: »Herre, mindes I, hvor vel jeg har tjent eder, og hvor mange Gange jeg har vovet mit Liv for eder? giv hellere mig eders Datter end disse Bersærker, som intet har gjort uden ondt.«

Kongen sad længe tvesindet, men endelig svarede han, at hans Datter måtte selv vælge blandt sine Bejlere. Hun sagde, at hvis hun skulde giftes bort, vilde hun hellere have Hjalmar, som hun selv kendte som gæv Mand, end Angantyr, som kun var kendt af Rygte, og det var slet.

»Det hjælper ikke at tale længe om Sagen,« sagde Angantyr »men dig, Hjalmar, æsker jeg til Holmgang; mød mig på Samsø ved næste Midsommer, eller vær hver Mands Niding, om du ikke møder.« Hjalmar svarede, at han nok skulde komme til Kampen.

Bersærkerne drog hjem til deres Fader. Arngrim sagde, at de aldrig havde påtaget sig en voveligere Færd end denne. Ved Afskeden gav han Angantyr Sværdet Tyrfing; det var smedet af Dværgene, og der var den Trolddom ved det, at hver Gang det blev draget af Skeden, blev det en Mands Bane.

Hjalmar drog til Samsø sammen med sin Fostbroder Orvar-Odd. De havde to Vikingeskibe og et udvalgt Mandskab. Begge Fostbrødrene gik op i Land, for at spejde efter Arngrimssønnerne. Imens kom de tolv Brødre med deres Skib til samme Havn; da de så deres Modstanderes Skibe, kom Bersærkeraseriet over dem, de svang deres Sværd, bed i Skjoldrandene og styrtede ud på Skibene. Men Skibsfolkene var så gæve Svende, at de ikke flyede bort eller mælte Frygtsord; hver af dem faldt kæmpende på sin Plads. Så gik Bersærkerne brølende op i Landet.

Hjalmar og Orvar-Odd kom ned fra Skoven. De så Skibene tomme, og Bersærkerne brølende højt og svingende de blodige Våben. Da udbrød Hjalmar: »I Aften skal vi gæste hos Odin.« »Nej,« svarede Odd, »de tolv Brødre skal gæste hos Odin, og vi to leve.« Dernæst spurgte Hjalmar, om han helst vilde kæmpe med Angantyr eller mod de elleve Brødre. Odd svarede: »Jeg vil kæmpe med Angantyr, han giver store Hug med Tyrfing, og jeg sætter mere Lid til min Silkeskjorte end til din Brynje.« »Nej,« sagde Hjalmar, »jeg er Hovedmanden i denne Kamp, og jeg lovede Kongedatteren andet end at lade dig gå foran mig i Faren.«

Hjalmar gik da mod Angantyr; Tyrfing skinnede ligesom en Solstråle. Angantyr sagde, at om nogen faldt, skulde man ikke rane Våbnene fra den døde; »jeg vil have Tyrfing med mig i Højen, hver af de andre deres Våben, og de overlevende skal opkaste Høj for dem.«

Derefter begyndte Kampen. Hjalmar og Angantyr gav mange og hårde Hug; men Orvar-Odd kæmpede med Brødrene, en efter en, og han fældte dem. Da han havde fældt alle elleve, gik han hen, der hvor Hjalmar og Angantyr havde kæmpet. Angantyr lå død, men Hjalmar sad på en Græstue, hans Hjælm var kløvet, Brynjen flænget, og han var bleg af meget Blodtab. »Hvorledes går det nu?« spurgte Odd. Hjalmar svarede, at Tyrfing havde ramt ham i Hjærtet med sin edderhærdede Odd, og at han snart skulde ligge Lig, han bad ham at drage en Guldring af hans Hånd og bringe den til Ingeborg. Derefter døde Hjalmar.

Odd lod gøre en stor Høj af Jord og Kampesten over Bersærkernes Lig, og lagde dem derind med alle deres Våben. Så bar han Hjalmars Lig til Skibet, og sejlede til Sverig. Da han kom dertil, bar han Liget op og lagde det foran Kongedatteren. Da brast hendes Hjærte af Sorg. Og de blev jordede i samme Gravhøj ved Upsal.

Stærkodder

STÆRKODDER eller Starkad den Gamle er den Kæmpe, der har levet længst, og om hvem flest Storværker er fortalte. Det hedder sig, at han ikke var født i Menneskeverdenen, men østpå blandt Jætterne, og at han fra først af havde ikke ét, men tre Par Arme og lige så mange Par Ben. Men Guden Thor rykkede to Par ud af hver Art Lemmer, så at han fik et mere menneskeligt Udseende; men sit hårde Sind og sin usædvanlige Styrke beholdt han.

Han var længe på Vikingetog og på Vandring i Østen, men til sidst kom han til Kong Frode i Danmark, hvor han blev den ypperste af hans Kæmper og opfostrede hans to Børn, Ingjald og Helga. Frode var selv en stor Kriger. Han var kun tolv År gammel, da han blev Konge, og Sakserne angreb da Riget, men han undertvang dem og gjorde dem skatskyldige. Men fra den Tid af lurede de på Lejlighed til at løsrive sig.

En Gang, da Stærkodder var ude på Tog, sendte de Bud til Frode og krævede det afgjort ved Tvekamp, om de skulde være hans undergivne eller ikke. Men inden Kampen fandt Sted, kom Stærkodder hjem fra Vikingefærd, uden at Modstanderne vidste af det. Sakserne havde købt den stærkeste tyske Kæmpe, Hama. til at møde fra deres Side, og de ledsagede ham til Kamppladsen under stor Jubel. Fra den anden Side kom Stærkodder og den danske Hær.

Da Hama så den ukendte gamle komme imod sig, holdt han det for unødigt at bruge Våben imod ham, men slog ham med sin Næve, så at han nær kunde være bleven liggende. Men Stærkodder sank kun i Knæ for Hugget, og straks efter sprang han op, drog sit Sværd og hug Hama tværs over. Sakserne måtte nu atter give Frode Skat. En Gang senere drog deres Konge Sverting til Frode og bød ham til Gæst hos sig; men medens Frode sad ved Gilde hos Sakserne, lod han Hallen tænde i Brand. Frode nåede dog at dræbe Sverting, inden han kunde undslippe; så omkom den danske Konge og hans Kæmper i Ilden.

Efter Frodes Død blev hans Søn Ingjald Konge i Danmark. Han lignede ikke sine Forfædre i Lyst til Våbenbrug og Krig, men brød sig mere om Mundskænke og Køgemestre, Gøglere og Spillemænd. Frodes gamle Huskarle var lidet tilfredse med, at han ikke hævnede sin Faders Død; og Stærkodder drog bort fra Lejregården og fandt sig et Hjemsted hos den svenske Konge i Upsal.

Ingjalds Søster Helga var lige bleven voksen. En Guldsmed af ringe Byrd begyndte da at bejle til hende med indsmigrende Ord og rige Gaver; og på Kvinders Vis tog hun gærne imod det. Ti efter Frodes Død var der ingen, som havde en Faders Myndighed til at hindre det.

Stærkodder hørte af vandrende Folks Fortællinger om denne Elskov, og han drog da selv til Lejregården, for at se hvorledes det stod til og straffe Smedens Overmod. Han kom gående til den danske Kongsgård, trådte ind i Hallen og kendte Helga og hendes Bejler, men satte sig nede ved Døren med Hatten trykket over Øjnene; han vilde nemlig ubemærket se, hvor vidt Guldsmeden drev sin Frækhed overfor Kongedatteren. Smeden råbte til Gubben, at han skulde gå ud, han skulde nok siden få af Levningerne sammen med de andre Stoddere. Stærkodder svarede, at han blev siddende, til han havde udhvilet sig.

Han sad nu stille og bed Harmen i sig, mens han så Guldsmeden lægge sit Hoved i Jomfruens Skød og kærtegne hende. Da kendte hun pludselig Stærkodders Blik, hun trak sig tilbage og rødmede. I det samme rejste han sig, kastede Kappe og Hat, og drog sit Sværd. Guldsmeden prøvede at liste uden om ham ud af Hallen; men i det samme ramte Sværdet ham, og skar Bagen af, så at han med et Skrig styrtede ned på Tærskelen.

Så vendte Stærkodder sig til Kongedatteren. Han slog hende på Kinden, så Blodet sprang og Tårerne randt, og talte hårdt til hende: »Kendte du ikke bedre, hvad Færd der sømmer sig for dig, da var du værd at sælges bort som Trælkvinde til fremmed Land, hvor du kunde gå at drage Møllestenen, heller end at du, Kong Frodes Datter, skulde skæmme din Æt med Leflen og Fjas. Men jeg tror dig for godt, til at du skulde kaste din Kærlighed hen i en Askepusters Arm eller sælge den for hans Flitter. Vogt på dig selv, men vogt også på dit Rygte.« Efter denne Straffetale gav han sig atter på Vej til Upsal.

Da Helga var fuldvoksen, kom Nordmanden Helge sejlende for at bejle til hende. Skibets Sejl var udsyede med Guld, det bar gyldne Master, og Tove af Silke. Ingjald gav sit Samtykke, men tilføjede, at det kom an på, om han kunde stå sig mod de danske Kæmper i Strid.

Der var på den Tid et Kuld af ni sjællandske Jarlesønner, af sjælden Styrke og Dristighed. Angantyr, den ældste af dem, havde også bejlet til Kongedatteren, men fået Nej; derfor udæskede de nu Helge til Holmgang, og Kampen blev fastsat til selve Bryllupsdagen. Helge tænkte, at der var ringe Udsigt til at vinde, men hans Brud rådede ham til at søge Hjælp hos Stærkodder i Sverig, ti han var god at komme til, når Nøden var størst.

Han drog da med lidet Følge til den navnkundige Stad Upsal og sendte en Svend i Forvejen for at indbyde Stærkodder til Frodes Datters Bryllup. Stærkodder spurgte Manden, om han tog ham for en Gøgler eller Leger, der rendte til Gilde efter et lækkert Måltid; var det ikke, fordi han nævnte Frodes Navn, skulde han have fået Straf for så usselt et Budskab.

Da Huskarlen kom tilbage med dette Svar, gik Helge selv ind i Kongsgården, hilste Stærkodder fra Frodes Datter, og bad ham at møde som Kampfælle, da han ikke vidste, hvor mange Fjender han skulde stride imod. Stærkodder udspurgte om Stedet og Dagen, og bad ham så at drage hjem til Danmark, han skulde nok komme der i rette Tid.

Adskillig Tid efter deres Bortrejse brød Stærkodder op, og de mødtes samtidig foran Ingjalds Kongsgård. Da den fremmede Kæmpe gik langs med Gæstebordene, rejste de ni Brødre sig imod ham med vilde Fagter, brølede højt og tudede som Hunde. Stærkodder bad dem blot om at holde deres Mund bedre i Tømme. De spurgte, om han måske regnede sig for deres Ligemand; men da han svarede, at han turde tage det op med så mange af dem, det skulde være, kunde Brødrene nok vide, at det var den Stridsmand, som Helge havde hentet til Hjælp.

Om Aftenen valgte han at stå Vagt foran Brudekammeret og satte sit Sværd som Slå for den lukkede Dør, for at Brud og Brudgom kunde sove des tryggere. Helge vågnede tidlig og rystede Søvnen af sig; men da han så, at der var en Stund endnu til Dag, lagde han sig hen for at overveje det tilstundende Dagværk og blev således overrasket af Søvnen.

Ved det første Daggry keg Stærkodder derind. Men da han så ham ligge og sove i sin Hustrus Arme, vilde han ikke vække ham op af så sød en Søvn, — for at det ikke skulde have Udseende af, at han var bange for at gå ene. Han gik ud på Roljung Hede, hvor Kampen skulde være, og satte sig på Skråningen af en Høj, vendt imod Vejr og Snefog. Dernæst begyndte han at tage Klæderne af sig, som om det havde været en Sommerdag. En Skarlagens Kåbe, som Helga nylig havde givet ham, hængte han over en Busk; det skulde jo ikke se ud, som om han krøb i Ly.

De ni Kæmper kom til Højen fra modsat Kant og søgte Plads på Læsiden. De tændte et Bål at varme sig ved, og da Stærkodder ikke var til at øjne, sendte de en Mand op på Højens Top for at holde Udkig efter ham. Da han kom derop så han nederst på Skrænten en gammel Mand sidde i Sne til Skuldrene. Han fik da at vide, at det var ham, som skulde være deres Modstander, og at han hed Stærkodder. Nu kom de alle til, og spurgte, om han vilde strides med dem alle på én Gang eller Mand for Mand. Han svarede, at når Hundene gøede ad ham, plejede han at slå i Flokken.

Striden begyndte. Han fældte seks uden selv at få Sår;

men inden han fik gjort det af med de sidste tre, havde han sytten Sår, og hans Indvolde hang ud af Bugen. Hårdt pint af Tørst krøb han på Knæ hen til Bækken for at læske sig ved Vandet, men da han så Strømmen blandet med Blod, væmmedes han ved Drikken. Ti Angantyrs Krop lå ud i Vandet og farvede det rødt. Med sine sidste Kræfter krøb han hen til en Sten og lagde sig på den. Man ser endnu Aftryk i den af hans tunge Legeme.

Medens Stærkodder lå således medtagen, kom en Mand kørende forbi. Han drejede af og spurgte, hvad Løn han skulde have, om han skaffede ham Hjælp. Stærkodder spurgte ham først om hans Virksomhed og Byrd. Men da han hørte, at han var Foged, dadlede han så ussel en Gerning, som det var at leve af Fattigmands Nød og altid udspejde og sagsøge Folk.

Da han var borte, kom der en anden og tilbød Hjælp. Han sagde, at han var gift med en Trælkvinde, og at han gjorde Dagværk for hendes Husbond for dermed at købe hende fri. Men Stærkodder afslog Hjælp af en, der havde indladt sig på så nedværdigende et Ægteskab, havde der været nogen Manddom i ham, havde han taget en fri Kvinde til sin Fælle.

Lidt efter gik en Kvinde forbi, hun kom hen og vilde tørre Blodet af ham; men Stærkodder spurgte først om hendes Byrd og Værk. Hun var Trælkvinde, svarede hun, og drog Møllekværnen. Han spurgte, om hun havde Børn, og da han fik at vide, at hun havde et spædt Pigebarn, bød han hende at gå hjem og give Ungen Bryst.

Efter hende kom en ung Svend kørende. Han så den sårede Gubbe og kom at yde Hjælp. På Stærkodders Spørgsmål svarede han, at han var Bondesøn og drev Bondegerning. Da roste Stærkodder hans Byrd og hans Arbejd: ved ærlig Dont skaffede han sig sit Ophold og kendte ingen anden Vinding, end den der var købt med egen Sved. Og for at lønne hans

Hjælp skænkede han ham den Kappe, der hang over Busken. Bondesønnen bragte nu varlig de udvældte Indvolde på rette Plads, og lagde en Vidjefletning udenom til Støtte. Så fik han Oldingen op på Vognen og agede ham til Kongsgården.

Imidlertid talte Helga sin Husbond til; hun bad ham betænke, at Stærkodder, når han havde overvundet Kæmperne, vilde straffe ham som den, der brød sig mere om Kælenskab end om at holde et givet Ord; men han skulde stå kraftigt imod, ti Stærkodder plejede at være tålig imod de tapre, men stræng imod de usle.

Da Stærkodder kom til Kongsgården, sprang han af Vognen, uden at ænse sine Sår, løb til Buret og sprængte Døren. Helge sprang op af Sengen og gav ham et Hug i Panden. Men da han hævede Sværdet til næste Hug, ilte Helga til og holdt et Skjold for den gamle; det blev kløvet af Hugget lige til Midten. Da gav Stærkodder sig til Ro, og sagde, at nu havde han haft Prøve på hans Manddom. Så drog han atter bort til Sverig.

Stærkodder sad i Upsal og hørte om, at Ingjald havde sluttet Venskab med Kong Svertings Sønner og ægtet deres Søster, og at alskens Vellevned og indførte tyske Skikke nu trivedes i den danske Kongsgård.

Da brød han op fra Upsal og vandrede til Danmark. Folk, som mødte den stærke Karl, spurgte hvor hans Ærinde gik hen; og han svarede, at han bar Smedekul til at hærde den danske Konges bløde Malm med. Således kom han til Lejregård og satte sig efter gammel Vane på Hædersbænken. Dronningen udskældte den bondeklædte gamle Karl, fordi han havde sat sig på de Pladser, som tilkom Rigets bedste Mænd, og bød ham gå bort og ikke tilsmudse de kostbare Hynder. Oldingen rejste sig og gik langsomt igennem Hallen, han satte sig nede ved den nederste Ende, med et Drøn så hele Huset rystede; men han sagde intet.

Da Ingjald kom hjem, studsede han ved den gamle, som ikke hilste, og kendte Stærkodder på det barske Åsyn. Han bad Dronningen at vise Venlighed imod hans Fosterfader, som hun havde krænket så hårdt.

Ud på Aftenen satte Ingjald og Svertingssønnerne sig til Bords. Der var fuldt op af lækre Retter, men Stærkodder rørte intet af det, der ikke hørte til Fædrenes jævne Levemåde. For at mildne hans Sind løste Dronningen et guldvirket Bånd af sit Hoved og lagde det i hans Skød, men han kastede det tilbage i Ansigtet på hende. For dog at stemme ham mindre barsk lod hun da en Leger begynde på sit Fløjtespil; men Stærkodder, der sad og tænkte på Hævnen for Frode, blev så harmfuld, at han kastede et afgnavet Kødben lige på hans oppustede Kinder, så han fik mere travlt med at hyle end med at spille.

Stærkodder, der så Sønnerne af Frodes Banemand sidde ved Kongens Bord, kunde ikke længer skjule sin Harme. Han manede i stærke Ord Ingjald til at tænke på andet end at kæle for sin Gane med kræsne Spiser; hans Fader lå endnu uhævnet; Rigets gamle Kæmper ventede Stordåd af ham, der var hans Forfædre værdig; men levede han et Liv hen uden Dåd, skulde Skjaldenes Sange aldrig nævne hans Navn, med Blusel vilde hver af Frodes Venner skjule sit Åsyn, men Danmarks Fjender vilde gribe efter det værgeløse Land, allerede sad de fremmede på de bedste Sæder og rakte efter hans Ejendom.

Da sprang Ingjald op, fældte alle Svertingssønnerne, og viste Dronningen, Svertings Datter, bort til hendes egen Hjemstavn. Medens Trællene slæbte Ligene ud af Hallen, hilste Stærkodder med Jubel den unge Konge, der havde hædret sin Faders Minde, og nu først med rette kunde kaldes Lejres Konge og Danmarks Drot.

Stærkodder var dog ikke alene Oldtidens stolte Kæmpe.

Sagnet tillægger ham også én Last, Gerrighed, og ét Nidings-
værk, Drabet på hans egen Herre, Kong Ole den frøkne el-
ler den raske. Det var Landets mægtige Jarler, der for Guld
købte ham til Drabet, og lige da han havde stødt Sværdet i
Kongens Bryst, fortrød han det. Han dræbte dem, der havde
tilskyndet ham til Drabet, og drog så ud på nye Tog, da han
ikke mere kunde finde Fred i Hjemmet.

Stærkodder blev til sidst så gammel, at han snart kunde
vente sig at dø af Alderdom. Men for ikke at dø Strådød van-
drede han fra Land til Land og søgte efter en, der kunde lade
ham falde for Sværd. Han havde det Guld, som han havde
fået for Kong Oles Drab, bundet om Halsen, til at købe en
Banemand for. Således kom han atter til de danske Lande.

Han vandrede frem, støttet til to Krykkestave og med to
Sværd hos sig. Han mødte en Bonde, der fandt, at to Sværd
var for meget, og bad ham at give sig det ene. Stærkodder lod
ham komme nærmere og hug ham da tværs igennem.

Da han gik over Roljung Hede, mødte han en ung Mand,
der hed Hader, Hlennes Søn, han kom lige fra Jagten med
sine Heste og Hunde. Da han fik Øjne på Gubben, bød han
to af sine Svende at ride lige løs på ham og sætte Skræk i ham.
Men Stærkodder slog dem til Jorden med sine Stave.

Undrende herover red Hader nærmere og spurgte den
gamle om Navn. Stærkodder navngav sig og fik at vide, at
Hader var Søn af en af de Jarler, som han havde dræbt efter
Kong Oles Død. Da æggede Stærkodder ham til at hævne sin
Faders Død, og tillige tog han Guldet frem af dets Gemme
og bredte det ud foran ham, og lovede ham det, om han vilde
afkorte ham den tyngende Alderdom.

Da Hader samtykkede heri, rakte han ham sit Sværd
Skum og bøjede Nakken, rede til at modtage Hugget. Han
bad ham om ikke at hugge for svagt, og tilføjede, at om han

51

kunde springe imellem Hovedet og Bullen, inden de nåede Jorden, skulde han blive så hårdhudet, at Våben ikke bed på ham.

Så hug Hader til med Stærkodders Sværd og skilte Hovedet fra Kroppen. Endnu efter at det var afhugget, bed det i Græsset; så hård var han af Sind. Derimod undlod han at springe ind under Kroppen, da den faldt; ti han anede, at den gamle havde tænkt på sin egen Hævn og vilde have knust ham under sit Kæmpelegemes Vægt.

Han lod Stærkodder lægge i Høj på Roljung Hede og tilegnede sig selv Guldet og Sværdet, men da han gik over Roljung Bro, sprang Skum ud af Skeden og ned i Åen. Mange har set det blinke der nede på Bunden, men det er aldrig lykkedes nogen at drage det op.

Harald Hildetand

H ARALD Hildetands Forældre var længe barnløse. Så drog hans Fader Halvdan til Upsal og ofrede til Odin, og der blev lovet ham, at han skulde få en Søn. Efter Hjemkomsten fødte hans Hustru Harald til Verden. Odin tog ham under sin særlige Varetægt, han skænkede ham Usårlighed, og Harald lovede ham til Gengæld Sjælene af alle dem, han fældte i Kampen. Han voksede op og blev så stor en Kriger, at man kaldte ham Hildetand eller Kamptand. Hans første Hærtog gik til Norge, hvor Kong Asmund var fordreven af sin Søster og havde søgt hans Hjælp. Han gik i Slaget forrest i Hæren, kun iført Skarlagens Kjortel og gyldent Hovedbind. Alle Våben vendtes imod ham, men intet gjorde ham Skade, og han vandt en herlig Sejr. Derefter drog han mod Kongerne i Sverig. Undervejs kom der en Olding til ham af usædvanlig Højde, enøjet og klædt i mørk Kappe; han kaldte sig Odin og lærte Harald, hvorledes han skulde ordne sin Hær til Slag: han skulde opstille den i Kileform, forrest to Mænd, så tre, så fire og således videre frem som en Svinetryne af Krigere, en Svinefylking. Harald sejrede i Slaget. To af Svenskekongerne faldt, og den tredje overtog Landet som Lydkonge under Danmark.

Harald undertvang alle de omboende Høvdinger i Venden og langs Østersøen, og efter således at have udvidet sit Rige sad han med Fred i halvtredsindstyve År. Men sine Kæmper lod han stadig øve sig i Våbenbrug og Manddomsprøver. De havde den Lov iblandt sig, at om nogen blinkede, når hans Øjenbryn blev afhuggede, skulde han udvises af Kongens Gård.

Harald blev nu gammel, men ingen vovede at angribe hans Rige. Han havde en Rådgiver, der hed Brune, og som ofte bragte Bud imellem Harald og hans Brodersøn Hring, der var Underkonge i Sverig. Brune druknede en Gang, da han var undervejs; men Odin påtog sig hans Skikkelse og kom som Sendebud til Hring. Han æggede ham op imod Kong Harald, og da han skulde bringe Svar tilbage, æggede han atter Harald op imod ham. Til sidst fik han stiftet åben Ufred imellem de to Konger. Men det var netop det, han vilde; ti han vilde have, at Harald skulde komme til Valhal med stort Krigsfølge.

Harald samlede Hær fra alle Egne af sit Rige for at krige imod Sverig. Der var mange navnkundige Helte, og tre hundrede Skjoldmøer. Da Skibene kom sammen i Øresund, var der så mange, at Hæren kunde gå over på dem som på en Bro fra Sjælland og til Skanør på den skånske Kyst. Så drog Hæren videre til Lands og til Vands i syv Dage, Skåningerne dannede Fortroppen som de, der var bedst kendte med Vej og Sti. Endnu da Flåden sejlede ind gennem Sundet ved Kalmar, kom 7000 af Vender og Livlændinge til den. Man kunde ikke se Himlen for Mængden af Master og Ræer. Men

Hring samlede sig en uhyre Hær af svenske sammen med mange Nordmænd og Kæmper fra Østerled. Der taltes 2500 Skibe, da de sejlede ud gennem Stokholmsundet; og da de mødtes med Landhæren ved Bråviken i Østgøtland, nåede hans Fylking over hele Bråvallasletten fra Vigen indtil Skovåserne.

Der gik også Harald i Land og fylkede sin Hær overfor den svenske. Forrest i Svinefylkingen satte han Skjoldmøen Visna som Bannerfører; Skjoldmøerne Hede og Veborg og Kæmpen Hake førte Fløjene. Selv kørte han på sin Stridsvogn midt i Hæren, ti han var blind og kunde ikke længer gå med i Kampen.

Nu blæstes der i Lurer, og Hærene styrtede mod hinanden. Det var et Brag, som om Himmel og Jord skulde briste og alt gå under. Spydene hvinede, Blodet dampede, den klare Dag mørknedes af Pileregnen. Kampen var hård. Bannerføreren Visna mødtes med Stærkodder den gamle, som var med i Kampen på Hrings Side; han afhug hendes Hånd, men fik selv dybe Sår af Hake. Skjoldmøen Veborg fældte Mand efter Mand, indtil Pileskuddene gennemborede hende og andre af de danske Kæmper.

Da Harald mærkede, at Kampen var hård for hans Mænd, spurgte han Brune, der var hans Vognstyrer, hvorledes Hring havde fylket sin Hær, Brune smilte og svarede, at den stod i Svinefylking. Da spurgte Harald med Undren, hvorledes Hring kunde kende denne Kampmåde, som kun lærtes af selve Odin. Men da Brune tav, skælvede Harald og anede, at han var Odin, og at den Guddom, der hidtil havde skænket ham Lykke, nu var kommen til hans Undergang. Han bad af hele sin Sjæl om også at skænke ham denne Sejr, og lovede ham alle dem der faldt i Slaget. Men Brune styrtede Kongen

54

ned fra Vognen, greb hans egen Kølle og knuste hans Pande med den.

Da Harald var falden, standsede Hring Striden. Efter langvarig Søgen fandt man Kongens Lig, ti der lå Dynger af faldne omkring Stridsvognen op til Hjulenes og Vognstangens Højde. Ialt var der faldet 12,000 af Hrings Kæmper og 30,000 af Haralds. Hring lod nu Kong Haraids Lig lægge på Bål med Stridsvogn og optømmet Hest. Da Bålet var tændt, bad Hring ham at age forud til Odin og kræve Rum i Valhal til så stort et Følge, som ingen Konge før var kommen med. Derefter gik hans Kæmper frem og kastede Guldringe eller Våben i Luerne, for således at hædre den faldne Konge.

FRA VIKINGETIDEN

Regner Lodbrog

HERRØD Jarl i Gøtland havde en Datter, der hed Tora. Hun var hans eneste Datter og var vidt kendt, fordi hun var så fager; man kaldte hende med Tilnavnet Borgarhjort eller Hinden i Borgen. Han lod bygge et Jomfrubur til hende med fast Indhegning omkring. Jarlen plejede hver Dag at give sin Datter et eller andet i Gave; en Dag bragte han hende en lille Orm. Hun fandt den så smuk, at hun gemte den i en Æske sammen med lidt Guld. Ormen voksede, også Guldet, som den lå på, voksede; snart var den så stor, at den ikke havde Rum i Æsken, men den blev ved at vokse, indtil den var så stor, at den lå udenom Jomfruburet. Hver Dag krævede den en Okse i Føde, og ingen turde komme den nær, undtagen den Mand som gav den Føde. Jarlen blev uhyggelig ved alt dette, og han lovede, at den, som kunde fælde Ormen, skulde få hans Datter til Ægte og i Medgift alt det Guld, som den lå på.

Kongesønnen Regner i Danmark var femten År gammel, da han hørte om alt dette. Han lod sig da sy Klæder: en lodden Kåbe og lodne Brog, og lod dem koge i Beg. Så drog han til Gøtland og lagde sit Skib ind i en Vig. Tidlig om Morgenen stod han op, iførte sig sine lodne Klæder og tog et stort Spyd i Hånden. Alle Jarlens Mænd lå endnu og sov, da han nåede til Kongsgården. Han stødte Spydet i Ormens Ryg, første og anden Gang; den krympede sig så stærkt, at Skaftet knak, og lod sit Liv med stort Gny. Idet Regner vendte sig bort, ramte Blodstrålen ham, men den skadede ham ikke på Grund af hans Kåbe. Ved Drønet vågnede alle i Kongsgården; Tora så en stor Mand gå bort fra Buret, hun spurgte ham om Navn, men han svarede ikke. Da Mændene kom ud, fandt de Ormen død og et stort Spydblad siddende i Såret. Da Ingen kunde nævne Ormens Banemand, lod Jarlen stævne Ting, og bød, at alle, der var i hans Land, skulde give Møde. På Tinget lod Jarlen frembære det afbrudte Spydblad og kundgjorde, at den, som ejede det Skaft, der passede til det, skulde få Tora Borgarhjort til Ægte. Nu går en Mand om med Spydbladet, men ingensteds er der nogen, som har det tilsvarende Skaft. Endelig kommer de til Regner og hans Flok; de står yderst på Tinget; han svarer, at det er hans Spyd, og fremviser Skaftet, der passer til det. Nu blev der holdt Bryllup mellem Regner og Tora Borgarhjort. Hun drog med ham til Danmark og fødte ham to Sønner, Erik og Agnar, men døde ikke længe derefter.

Regner var ofte på Vikingetog. En Gang kom han til den sydlige Kyst af Norge og lagde ind ved et Sted, som hed Spangareid. Han sendte sine Madsvende op til et Hus i Land, for at de skulde bage Brød. Men da de kom tilbage med Brødene, var de alle brændte. Regner truede dem med stræng Straf; men de undskyldte sig med, at der oppe på Gården var en Pige, så dejlig at de aldrig havde set hendes Mage, og at de ikke havde kunnet lade være at stirre på hende hele Tiden. Regner sagde: »Hvis det er sandt, hvad I fortæller, skal I slippe for Tiltale; og nu vil jeg sende Mænd at udforske den Sag.« Han sendte de kyndigste af sine Mænd med det Bud, at hvis de fandt hende så fager, som der var sagt, skulde de bede hende komme til Regner og være hans Hustru, men hun måtte ikke komme nøgen og heller ikke påklædt, hverken mæt eller fastende, ikke ene og dog ikke i nogen Mands Følge. De fandt oppe på Gården en gammel Kælling der hed Grima, og en ung Pige der hed Kraka, hun var vidunderlig fager. De bragte hende Kongens Bud, og hun lovede at komme næste Morgen. Først toede hun sig helt ved Bækken, så tog hun et Fiskernet om sig og slog sit lange gule Hår ud derover; så bed hun i et Løg, men nød ikke anden Føde; så kaldte hun ad sin lille Hund, men tog ikke noget Menneske med sig. Således kom hun til Regners Skib, og han indrømmede, at alle hans tre Krav var rigtig opfyldte. Derefter førte han hende hjem med sig og holdt Bryllup med hende.

Kraka fødte Regner mange Sønner. En var Ivar, der kaldtes med Tilnavnet Benløs, fordi han kun havde Brusk i sine Lemmer, der hvor andre har Ben, og han derfor måtte bæres frem. En anden hed Bjørn, den tredje Hvitsærk. Senere fødte hun ham endnu flere Sønner. Da de blev store, drog de på Vikingetog, ligesom deres Fader gjorde.

Regner gæstede en Gang hos Kong Øjstein i Upsal; han havde en Datter, der hed Ingeborg. Om Aftenen ved Gildet overtalte Regners Mænd ham til at bejle til Kongedatteren i Stedet for at have en Husmandsdatter til sin Ægtefælle. Han bejlede til hende, og hun blev trolovet med ham. Da han var på Hjemvejen, bød han sine Mænd, at ingen af dem — under stræng Straf — måtte tale til nogen om hans Forehavende. Regner kom nu hjem, og der blev drukket Velkomst-Øl for ham. Om Aftenen satte Kraka sig på sin Husbonds Skød og spurgte om nye Tidender. Han sagde, at der ingen var. Siden da de var komne i Seng, spurgte hun ham atter; han svarede, at der var ingen, og at han var træt og søvnig. »Kan du ikke sige mig Tidender, da kan jeg sige dig. Det kalder jeg Tidender, at en Konge fæster sig Brud, især når han har en Hustru i Forvejen.« Han spurgte, hvem der havde sagt det. »Lad blot dine Mænd beholde deres Liv og Lemmer; der sad i Træet over dig tre Småfugle, de fløj forud og bragte Bud derom, dog vil jeg bede dig at slå dette af Sind. Du skal vide, at jeg ikke er nogen Husmandsdatter, men et Kongebarn; min Fader var Sigurd Faavnesbane, den navnkundigste Konge, og min Moder Brynhild Budledatter.« Han spurgte, hvor det da kunde være, at hun bar så ringe et Navn som Kraka. »Aslog er mit rette Navn,« sagde hun, »og det andet Navn har kun mine Plejeforældre givet mig. Og vil du have Kendetegn på min Byrd, da kan jeg sige dig dette: jeg skal føde en Søn, og der skal være at se ligesom en Hugorm i hans Øje til Minde om min Fader Kong Sigurd, der dræbte Ormen Faavne.« Ikke længe efter fødte hun en Søn. Barnet blev lagt i Faderens Skød, for at han skulde give det Navn. Han kendte, at der var ligesom en Hugorm i dets Øje, og han sagde, at han skulde hedde Sigurd efter sin Moders Fader.

Regner kom ikke til Upsal til den Tid, da hans Bryllup med Kongedatteren skulde have været. Deraf opstod der Fjendskab mellem ham og Kong Øjstein. Regners ældste Sønner, Erik og Agnar, besluttede da at drage imod ham. Kong Øjstein var meget frygtet for sin store Magt og fordi han havde en Troldko, der altid skaffede ham Sejr i Slaget.

Da Erik og Agnar drog imod Upsal, samlede Øjstein en umådelig Hær og stillede sin Troldko foran den. Da Hærene var lige ved at støde sammen, gav Koen et Brøl, så alle i den danske Hær blev slagne med Rædsel og Forvirring, og begyndte at kæmpe indbyrdes. Erik og Agnar stred begge tappert, men til sidst faldt den ene af dem, og den anden blev fangen. Kong Øjstein tilbød Erik at skænke ham Livet og at give ham sin Datter til Ægte. Men Erik svarede Nej. De tilbød ham da, selv at vælge sin Dødsmåde. Han bød dem at plante Spyd i Jorden og at kaste ham i Spydsodderne, derimod bad han om Fred for dem af hans Mænd, der havde overlevet Kampen. Inden han blev kastet i Spyddene, drog han en Ring af sin Arm og bad Mændene om at bringe den til Aslog. Så lod han sit Liv.

Sendebuddene traf Aslog i Kongsgården. Hun havde slået sit Hår ud for at kæmme det og lagt et Linklæde over sig. De bragte hende Budskabet, og til sidst rakte de hende Eriks Ring. Da fældte hun Tårer, røde som Blod og hårde som Haglkorn. Hun sagde: »Dette kan ikke blive hævnet, førend Regner eller mine Sønner kommer hjem.«

Regnersønnerne kom hjem fra Vikingetog. Aslog fortalte dem deres Brødres, Eriks og Agnars, Død, og æggede dem til Hævn. Ivar svarede: »Det er vist, at til Sverig kommer jeg aldrig på Grund af den megen Trolddom, som har til Huse hos Kong Øjstein.« Aslog æggede dem videre. Sigurd Orm-i-Øje var da en lille Dreng, der gik ved sin Moders Hånd; han sagde: »Jeg vil sige, hvad jeg synes der skal svares:

Ej skal Moder sørge.
Inden trende Dage
Skibe ud fra Landet
skrider over Bølgen.«

Da sagde også Brødrene, at dette var ret svaret.

Brødrene landede nu i Kong Øjsteins Rige og rasede med Ild og Sværd. Øjstein samlede en stor Hær og satte Troldkoen foran den. Ivar bød, at man skulde bære ham foran den danske Hær, og at man skulde skaffe ham et Buetræ så stort, som ingen før havde haft, og tilsvarende Pile. Tillige bød han alle Krigerne, at de skulde slå på deres Skjolde, så at det overdøvede Troldkoens Brøl. Så rykkede Hærene imod hinanden. De danske gjorde stort Våbenbrag. Men da Koen begyndte at brøle, var det ligesom hele Hæren tav og kun den brølte; de danske Krigere blev forvirrede og gav sig til at kæmpe indbyrdes. Da spændte Ivar sin Bue, så let som om det havde været

60

en Almegren, han bøjede, og skød en Pil lige i Øjet på Dyret. Og han spændte anden Gang og traf i det andet Øje. Koen styrtede rasende frem; da bad Ivar sine Bærere om at kaste ham lige over på den. Da han faldt ned på Dyret, var han så tung, at han knækkede dets Ryg. Han bad Mændene om atter at løfte ham op, og da råbte han over hele Hæren, så at han standsede den indbyrdes Kamp, og førte dem alle mod Fjenden. Svenskerne blev slagne. Kong Øjstein og mange af hans Folk faldt. Siden drog Regners Sønner på Vikingetog til fjærne Lande og vandt sig stort Ry og megen Rigdom.

Regner tænkte til sidst på, at han vilde udføre et Værk, der ikke var mindre, end hvad hans Sønner øvede. Han lod da bygge to meget store Skibe. Aslog spurgte om, hvortil de skulde være. Han svarede, at han vilde drage mod England uden flere Skibe end de to. Aslog rådede ham til hellere at tage flere Skibe og mindre; det var farligt at lande på den engelske Kyst, især med dybtgående Fartøjer. »Der vindes lidet Ry ved at indtage et Land med mange Skibe; men ingen har før hørt, at et stort Rige er vundet med to; men hvis jeg bliver slagen, er det bedre, jo færre Skibe jeg har.« Ved Afskeden gav Aslog ham en Silkesærk, som hun selv havde vævet helt i ét Stykke; hun sagde, at Våben kunde ikke trænge igennem den.

Begge Regners Skibe strandede på Englands Kyst, men han slap i Land med Mandskabet. Da Kong Ella hørte, at der var kommet Fjender i Landet, samlede han en stor Hær fra sit Rige. Han bød sine Mænd, at de ikke måtte fælde Modstandernes Høvding, men tage ham til Fange; ti hvis det var Regner, havde han Sønner efter sig, som nok var i Stand til at hævne hans Død. Regner rustede sig til Striden; han havde kun den Silkesærk, som Aslog gav ham, dertil Hjælm på Hovedet og det Spyd, hvormed han havde dræbt Ormen. Han ryddede sig Vej gennem Englændernes Hær, men hans Folk bukkede under for Overmagten, og til sidst blev også han tæt omringet og klemt mellem Skjolde. Kong Ella spurgte ham, hvem han var. Men han svarede intet. Da sagde Kongen, at man vel skulde få ham til at tale, og bød at kaste ham i Orme-gården; dog hvis det var Regner, skulde de straks drage ham op. Han sad dernede, uden at Ormene fik Bid på ham. Ella bød at drage Klædningen af ham. Da hængte alle Ormene sig på. Man hørte ham da sige: »Grynte vilde Grisene, hvis de kendte Galtens Nød.« Efter det døde han. Så forstod Ella, at det havde været Regner.

Ella pønsede nu på, hvorledes han kunde få udforsket Regnersønnernes Sind, og han besluttede selv at sende Bud til dem om deres Faders Død. Han bød Sendemændene nøje at give Agt på, hvorledes hver af dem modtog dette Budskab. De kom ind i Kongehallen og gik frem for Højsædet, hvor Ivar sad; Sigurd Orm-i-Øje og Hvitsærk var ved Brætspil, Bjørn stod og glattede på et Spydskaft. Da Sendemændene bragte den engelske Konges Hilsen og Budskabet om deres Faders Død, standsede hver af dem med sit. Men da de kom til de Ord, at Grisene vilde grynte, når de hørte Galtens Nød, knugede Bjørn Spydskaftet, så at det sprang itu; Hvitsærk krystede Tavlbrikken så hårdt, at Blodet sprang ud under hver Negl; Sigurd havde siddet med en Kniv i Hånden, nu satte han den i Fingeren, lige til Benet, uden at han mærkede det. Derimod spurgte Ivar nøje ud om alt, og man så ikke andet på ham, end at han blev snart rød, snart bleg. Hvitsærk sprang op og sagde, at dette skulde hævnes, og at man straks skulde dræbe Ellas Sendebud; men Ivar svarede, at de skul-de drage i Fred. Således kom de tilbage og mældte alt, hvad de havde oplevet. Ella sagde, at det var Ivar, de måtte frygte mest.

Snart efter drog Brødrene på Tog til England, men Ivar vilde ikke være med. De blev slåede og måtte vende hjem.

Ivar drog da alene over til Kong Ella og spurgte, om han vilde give ham nogen Bod for hans Faders Død; han bad blot om så meget Land, som han kunde omspænde med en Oksehud. Heri samtykkede Ella. Ivar lod da tage en stor Oksehud, og lod den bløde og udspænde, dette gentog han tre Gange; dernæst lod han den skære i smalle Strimler og skilte Hårsiden fra Kødsiden. Således fik han en Rem ud, som kunde strække sig over så stort et Stykke Land, som ingen havde ventet sig; og på dette Land anlagde han en hel By. Så sendte han Bud til sine Brødre og bad dem om at sende ham alt det Guld og Sølv, de havde at råde over; og det gjorde de. Han uddelte Guldet og Sølvet til mange af de engelske Stormænd og gjorde sig således til Venner med dem. Dernæst sendte han Bud til sine Brødre, at hvis de vilde søge Faderhævn, var det nu den rette Tid. De samlede hele deres Hær og drog over. Ella samlede Mandskab imod dem; men mange holdt sig tilbage, fordi de havde fået Gaver af Ivar. Da det kom til Slag, blev Ella fangen, og Brødrene ristede en Blodørn på hans Ryg. Det skete på den Måde, at man skar Ribbenene løs og bøjede dem tilbage ligesom et Par Vinger. Under disse Pinsler døde Ella. Men Regners Sønner underlagde sig hans Rige og udførte mange andre Storværker.

Jomsvikingerne

VED Østersøens søndre Side på Kysten af Vendernes Land lå Borgen Jomsborg. Der samledes alle de bedste og dristigste af danske Kæmper, og derfra gjorde de deres Vikingetog på de omliggende Have. Deres Høvding hed Sigvald, han var klog og snedig. Bue den digre eller den tykke var den stærkeste af Kæmperne.

Det var Jomsvikingernes Lov, at ingen kunde være i Borgen, som mælte Frygtsord eller som veg for jævnstærk Modstander. Ingen Kvinde måtte være der, og ingen måtte være borte fra Borgen i mere end tre Dage uden Høvdingens Samtykke. Blev en Jomsviking dræbt, skulde hans Fæller hævne hans Død. Alt Bytte skulde bæres til Bannerstangen og skiftes. Brød nogen denne Lov, skulde han udstødes af Laget.

Jomsvikingerne var en Gang i Strid med selve den danske Konge, Svend Tveskæg. Han lå med sin Flåde i en Havn ved Grønsund, rede til at sejle til Vendernes Land, da de vovede et dristigt Overfald på ham. Ved Daggry kom de sejlende ind på en hurtigsejlende Skude, som om det var en Vagtbåd der skulde bringe Mælding. De sejlede midt blandt Langskibene frem til Kongeskibet, og Føreren sagde, at der var et Budskab, som han skulde bringe Kongen personlig. Kongen troede, at det var en af hans Vagtbåde, der vendte hjem med nye Tidender fra sin natlige Færd; han stak Hovedet frem under Skibets Telttag og spurgte, hvad det var. Men i det samme greb en af Vikingerne ham om Nakken og trak ham ind i Skuden. Inden man på Kongens Skibe kunde få Tjældingerne af og lettet Anker, var Vikingebåden smuttet ud af Havnen og for med raske Åreslag over Havet.

Det holdt hårdt at skaffe så stor en Løsesum, som der udkrævedes til at få den fangne Konge tilbage. Men da viste de danske Kvinder et smukt Eksempel på deres Kærlighed til Kong Svend. De bragte deres Smykker i Betaling, indtil den Vægt af Guld var udredet, som Vikingerne krævede. Til Gengæld gav Kongen den Lov, at Kvinderne herefter skulde have Ret til Arv sammen med deres Brødre; ti indtil da havde kun Sønnerne kunnet tage Arv.

Hakon Jarl rådede den Gang for Norge. Han havde fældet Harald Gråfæld, der var Landets Konge, og selv gjort sig til Herre; af Navn anerkendte han den danske Konge som sin Overherre, i Virkeligheden styrede han alt, som han selv vilde. Jomsvikingerne gjorde Tog imod ham med så stor en Flåde, som de kunde samle. De sejlede op langs Norges Kyst og plyndrede under Vejs; de mødte ikke Modstand, før de kom til en Vig, der hed Hjørungavåg. Der lå Hakon med en Mængde Skibe. Jomsvikingerne gjorde Angreb på ham, og Striden var hård. Hakon plejede altid, når han var i stor Fare, at påkalde en Troldkvinde, der hed Torgerd Hølgabrud. Under Striden gik han i Land og op til den Lund, hvor Torgerds Billedstøtte stod; han havde sin lille Søn Erling med sig. Han kastede sig ned for Billedet og lovede Torgerd store Ofre af Kvæg, om hun vilde skænke ham Sejr. Men Billedet rørte sig ikke. Han lovede hende at ofre Mennesker. Men endnu rørte Billedet sig ikke. Da tilbød han at ofre Nordmænd af høj Byrd, og da ikke andet hjalp, lovede han hende en af sine Sønner. Så nikkede Torgerds Billed, og han slagtede den lille Erling som Offer. Straks efter så man en mørk Sky trække op fra Nord, og fra Skyen kom et Hagelvejr, der slog Jomsvikingerne lige i Ansigtet. Enkelte Mænd kunde se en stor Kvinde i Skyen; der fløj Pile fra hver af hendes Fingerspidser. Da var det hårdt for Vikingerne at værge sig, og Nordmændene trængte stærkt ind på dem. Bue kæmpede tappert, indtil begge hans Hænder var afhugne. Da stak han Armstumperne i Hankene på sine to Kister med Guld og sprang i Søen med dem. »Over Bord alle Bues Mænd.« råbte han; og alle Mænd på hans Skib fulgte ham. Sigvald reddede sig og sit Skib ved Flugt. En Del af Jomsvikingerne var ved Svømning undslupne fra Blodbadet. Man fandt dem næste Morgen stivfrosne på et Skær ude i Vigen. De blev tagne til Fange og førte for Jarlen. Han bød, at de skulde dræbes. Alle Vikingerne var bundne ved ét Reb, og de blev løste af Jarlens Trælle en efter en, efterhånden som de skulde dræbes; en af Jarlens Høvdinger ved Navn Torkel Lejra stod med en stor Økse og huggede dem. Han spurgte en af Jomsvikingerne, om han var bange for at dø. »Nej,« svarede han, »således er det også gået min Fader, og jeg begærer ikke at få det bedre end han.« Så blev han hugget. Den næste blev ført frem. Torkel gjorde ham samme Spørgsmål. Han svarede: »Det er ikke efter Jomsvikingernes Lov at klage sig for Døden, én Gang skal vi jo alle dø.« Så hug Torkel ham. Den næste blev ført frem. »Godt synes jeg om at dø med Ære,« sagde han, »men du, Torkel, skal leve med Skam.« Også den næste, der blev ført frem, svarede, at han var ikke bange; »men vi Jomsvikinger har ofte talt med hinanden, om man vidste noget af sig selv, når man var dræbt; nu vil jeg tage denne Kniv i Hånden, og hvis jeg har nogen Bevidsthed efter Hugget, vil jeg række den frem.« Torkel hug hans Hoved af, og Kniven faldt til Jorden. Den næste blev ført frem, og han svarede Torkel: »Godt synes jeg om at dø, men jeg vil ikke slagtes som et Får; hug mig lige i Ansigtet, og giv vel Agt på, om jeg blinker.« Der blev en ung Mand ført frem, med stort Hår gult som Silke. Han svarede, at han synes godt om at dø, men vilde ikke holdes af Trællehænder: »Lad en af mine jævnlige træde frem og lad ham holde mit Hår op, så at det ikke bliver blodigt.« En af Jarlens Hirdmænd trådte frem og holdt hans Hår op med begge Hænder. Da Hugget kom, trak Manden Hovedet til sig, så at Øksen ramte Hænderne og skar dem af. »Jeg synes, der hænger noget i mit Hår,« udbrød han. »Dræb dem hurtig,« råbte Jarlen, »de har gjort os nok af Ulykker.« »Nej,« svarede hans Søn Erik »de skal leve, indtil jeg har talt med dem. Hvad hedder du, og hvor gammel er du?« »Mit Navn er Svend, Bue den digres Søn; jeg er atten År gammel, om jeg når at leve Vintren over.« »Du skal leve Vintren over,« sagde Erik og tog ham i sin Flok. Jarlen var meget misfornøjet. Den næste var en rask ung Mand; men ved Siden af ham sad en, der var gammel og skallet. »Hvad er dit Navn?« sagde Erik Jarl. »Vagn Ågesøn fra Fyn,« sagde han. »Hvad synes du om at dø?« spurgte han. »Godt,« sagde han, »hvis jeg først fik mit Løfte opfyldt.« »Hvad var dit Løfte?« »At jeg vilde dræbe Torkel Lejra og dernæst ægte hans Datter.« »Det skal aldrig ske,« sagde Torkel Lejra og hug til ham. Men den gamle Mand sparkede til Vagn, så at han undgik Hugget. Torkel faldt selv derved, og Øksen gled ud af hans Hånd og overskar Rebet, hvormed Vagn var bunden. Straks sprang Vagn op, greb Øksen og hug Torkel ihjel. »Nu er jeg bedre tilfreds,« udbrød han, »ti nu har jeg dog opfyldt det halve af mit Løfte.« »Det er onde Mænd,« sagde Jarlen, »dræb dem alle straks.« »Vagn skal leve,« sagde Erik, »vil du have dit Liv af mig?« »Hvis de andre Mænd også får det,« svarede Vagn. Da gik Erik for sin Fader og bad ham om at skænke ham de Mænds Liv. »Du blander dig meget i mine Ting,« sagde han, »men jeg kan nok ikke nægte dig det.« Nu blev de Jomsvikinger givne fri, som endnu var i Live. Vagn fik Torkel Lejras Datter Ingeborg. Erik Jarl tilbød ham at blive i Norge, men han drog til sit Hjemsted på Fyn. Mærkelige Mænd nedstammer fra ham.

Svend Tveskæg og Olaf Tryggvesøn

Svend Tveskæg var en krigersk Konge. Han gjorde ved Gilde et Løfte om, at han vilde vinde sig England. Han samlede Flåde og gjorde stort Tog derover. Englænderne købte sig fri ved at betale ham en Skat, som hed Danegæld; men Svend kom igen og krævede endnu større Danegæld, og senere fordrev han Kong Edelred helt af hans Land og herskede over Danmark og England.

I Norge havde Hakon Jarl gjort sig forhadt af Bønderne;

de rejste sig til Oprør, og Jarlen blev dræbt af sin egen Træl Kark. Olaf Tryggvesøn var en ung Helt af den gamle Konge-æt; han landede i Norge og blev af Bønderne valgt til deres Konge. Erik Jarl, Hakons Søn, måtte drage bort på Vikinge-tog.

I Sverig rådede da Kong Olaf den svenske. Hans Moder hed Sigrid, hun var Enke og boede på sine Gårde. Man kaldte hende den storråde eller hovmodige; ti dengang Kong Ha-rald fra Vestfold i Norge bejlede til hende, havde hun brændt ham inde, og sagt, at hun skulde nok gøre Småkongerne kede af deres Bejlen. Olaf Tryggvesøn og Dronning Sigrid mød-tes med hinanden. Han bejlede til hende, og hun var ikke uvillig. Olaf var kristen, og han bad også hende at tage mod Kristendommen; men hun vilde ikke have anden Tro, end hendes Slægt havde haft. Da kastede han hende sin Hand-ske i Ansigtet og sagde: »Aldrig skal jeg gifte mig med din Ærkehedning.« Således skiltes de. Senere ægtede hun Kong Svend i Danmark; hun æggede ham ofte til at tage Hævn for den Hån, som hun havde lidt.

Svend Tveskæg havde en Søster, der hed Tyre. Han giftede hende bort til Kong Burislav i Venden; men det var imod hendes Vilje, og det varede ikke længe, før hun flygtede bort. Hun kom til Kong Olaf i Norge og klagede sin Nød for ham. Han syntes godt om hende, og holdt Bryllup med hende. Tyre bad sin Husbond om at drage til Venden og kræve hen-des Ejendom: og til sidst gjorde han sig også rede med sin Flåde. Han havde et Drageskib, der hed Ormen den lange; han havde selv ladet det bygge, og det var større end noget andet Skib.

Da det rygtedes, at Olaf Tryggvesøn var sejlet sydpå gen-nem Øresund, sendte Svend Tveskæg Bud til Olaf svenske og Erik Jarl, at de skulde møde med deres Flåder; og de lagde sig alle tre ind under en lille Holm ved Vendens Kyst, der hed

Svolder.

Olaf Tryggvesøn lå længe ved Vendernes Land. Folkene på hans Skibe begyndte at knurre; ti Tiden trak ud, og Børen var god til Hjemrejse. Endelig gav han dem Lov til at sejle. Småskibene spredtes hurtig over Østersøen, men Ormen den lange og de andre Storskibe kom langsommere efter. Da de nærmede sig til Svolder, roede Høvdingernes Flåde ud imod ham. Nogle af Mændene rådede Kong Olaf til at vende om og sejle bort; men han svarede: »Lad Sejlet falde! aldrig før har jeg flyet af nogen Strid, og det skal heller ikke ske nu; Gud må råde for mit Liv.«

Han bød nu, at man skulde binde Skibene sammen til Kamp. Da man lagde Ormens Stavn ind i Række med de andre, talte han og bød at lægge den så meget længere frem, som den var længere end andre Skibe. Olaf havde kun elleve Skibe, men de var høje ved Rælingen; det holdt hårdt for de danske og svenske at komme nær under dem og kæmpe med de højere stående norske Kæmper; men i Fjærnkamp med Pile og Kastespyd havde de andre Overhånd på Grund af deres Mængde, og mange af Olafs Mænd faldt, eller blev sårede.

Ejnar Tambeskælver hed en ung Bueskytte, som stod midtskibs på Ormen, han skød både hårdt og hyppig. Han skød efter Erik Jarl, men Pilen gik over hans Hoved og borede sig ind i Rorstangen lige til Skaftebåndet. Han skød en anden Pil, den gik mellem Armen og Siden på Jarlen. »Stor er denne Jarls Lykke,« sagde Ejnar. Jarlen sagde til en Mand, der stod nær ved ham, og som hed Find: »Skyd den store Mand der midtskibs på Ormen.« Find svarede: »Jeg kan ikke dræbe ham, ti hans Dødstid er ikke kommen endnu; men jeg kan gøre ham uskadelig.« Da spændte Find sin Bue, og ramte midt på Ejnars, så at den brast med høj Klang. »Hvad brast så bragende?« spurgte Kong Olaf. »Norges Rige af din Hånd,« sagde Ejnar. »Så stort var Braget ikke,«

svarede Kongen, »tag min Bue og brug den.« Ejnar tog den og spændte den; han drog Pilen helt tilbage bagved Buetræet. Så kastede han den bort og sagde: »For veg, for veg er den vældiges Bue.« Derpå tog han Sværd og Skjold og kæmpede som de andre.

Olaf Tryggvesøn stod højt i Bagstavnen af Ormen den lange. Han var i rød Silkekjortel og gylden Brynje, let at kende; han skød Kastespyd, og ofte et med hver Hånd. Han så frem over Skibet og så sine Mænd svinge Sværdene hårdt, men de bed lidet, de var sløvede af Huggene; da gik han ned i Rummet og åbnede Højsædeskisten, tog mange gode og hvasse Sværd frem og uddelte dem til sine Mænd. Medens han strakte Armen ned i Kisten, så man, at Blodet randt ham ned under Brynjen, men ingen vidste, hvor han var såret.

Alle Olafs Skibe var blevne ryddede af Fjenderne, på nær Ormen lange; der søgte nu alle op, som var tilbage af hans Kæmper. Men Fjenderne lagde fra alle Sider til det, mens andre skød ude fra Søen. Endelig lagde Erik Jarl sit Skib, Jærnbarden, til det og kom op på Ormen lange; men blev dreven ned igen. Men da Mændene på Ormen blev færre og færre, gik Fjenderne fra alle Sider op på den. Forsvarerne veg tilbage til Bagstavnen og de fleste af dem faldt. Da kun få endnu gjorde Modstand, løftede Kong Olaf sit Skjold over Hovedet og sprang i Søen. Jarlens Mænd lå rundt omkring på Både og Småskuder, for at dræbe dem, der prøvede at undfly; men de så intet til Kongen. Nogle mener, at han har krænget Brynjen af sig under Vandet og er svømmet bort under Skibene; andre siger, at han er druknet.

Dronning Tyre var med på Ormen lange. Da Kampen var forbi, og Skibet blev ryddet for dræbte, førtes hun frem for Erik Jarl. Da han så hende, sagde han: »Her spørges nu mangen Stormands Fald, og dyb Sorg for mange af Norges Folk, men for ingen er det dog så tungt som for dig; dog om jeg får noget Herredømme i Norge, skal jeg vise eder al Hæder, overalt hvor jeg kan.« Dronningen svarede: »Dette er mandig talt, og gærne vilde jeg leve og modtage din Velvilje; men med den Harm, jeg har, venter jeg mig ikke at leve.« Dronning Tyre kunde hverken spise eller drikke for Kummer. Hun spurgte Biskop Sigurd, hvad det mindste var, hvormed en Kristen kunde nære sig. Han sagde, at det var et Æble hver Dag. Hver Dag bragte han hende et Æble; på den niende Dag døde hun.

Dannevirke

MEDENS Vikingerne færdedes omkring på Havene og gjorde de danskes Navn kendt og frygtet ved dristige Kampforetagender, blev der hjemme i Danmark udført et Værk for at værne Folk og Rige. Det var den Vold, som Tyre, Kong Gorms Dronning, lod rejse.

Mindet om dens Tilblivelse har stået så klart for den sene Efterslægt som ellers aldrig nogen historisk Begivenhed; og det var, som om det synlige Værk fortalte sin Saga i levende Træk. Imellem Østersø og Vesterhav, som et sikkert Værn imod enhver fremmed Magt, strakte Volden sin faste Ryg, 30—40—48 Fod over den omgivende Mark. Sagnet nævnte, hvor i gamle Dage Tårnene stod til Værn, og udpegede den brede Gennemskæring som Kampleddet eller Karleporten, der fordum vogtedes af de bedste Kæmper.

Over Volden hæver sig en Bakke med brat afskårne Skrænter, tildannede som Volde og Grave omkring en Borg. Det er Tyreborg; herfra vågede Dronning Tyre over Udførelsen af Værket. Hun kunde i Vest følge Voldens lange Linje ind over Heden og tværs over Forfædres Grave, indtil den tabte sig i Moserne ud mod Ejderens Munding. Her havde Skåningerne deres Plads, siger Sagnet. Til den anden Side kunde hun se udover det østre Stykke af Volden, som Sjællandsfarer og Fynboer var ved at rejse fra Sliens Vig og til Kampleddet; Jyderne, hedder det, skaffede Kost til dem alle. Og hun kunde lade Øjet glide ud over den brede Bugt, hvor Skuder i Mængde førte nye Skarer af danske Bønder til for at rejse Volden, — ned til Landingsstedet, hvor senere Staden Slesvig har bredt sig, og over til den gamle Købmandsplads ved det inderste Nor af Slien. Med Stolthed har hun sagt, at nu rejstes det stærke Værn og faste Lukke om Danernes Vang, fordi de alle fra fjærn og nær var samlede om det store Arbejde og vidste at de havde en og samme Grænse at værge. Og Folket har svaret, eller den sene Efterslægt har svaret, at hun var den rette Dannebod, der bødte på dets Brøst og værnede mod dets Fare. Hun fik det Hædersnavn, der altid vil klinge sammen med det første fælles Storværk; ti Volden, Virket, fik Navnet Dannevirke.

FRA VALDEMARSTIDEN

Absalon og Valdemar

FJENNESLEV Kirke med sine to høje Tårne ligger på Sjælland imellem Ringsted og Sorø. Her boede i gamle Dage Asser Ryg. Om Kirkens og Tårnenes Tilblivelse fortæller Sagnet: Da Asser Ryg skulde drage i Strid, bad han ved Afskeden sin Hustru, at hun skulde bygge en Kirke, og hvis hun, imens han var borte, fødte ham en Søn, skulde hun sætte et Tårn på Kirken; hvis det blev en Datter, skulde hun sætte et Spir. Da Hærtoget var til Ende, ilede Asser Ryg hjem fuld af Længsel. Da han kom op på Bakken, så han Kirken stå med to Tårne; og nu vidste han, at der var født ham to Sønner. Det var Absalon og Esbern Snare. De voksede op sammen, den ene til en Præstemand og Folkets Leder, den anden til en ridderlig Vovehals, begge fulde af Minder om deres Forfædres Kampe for Fædrelandet og Lyst til selv at virke for det.

På samme Egn, ved Harrested, nærved Skovkanten, viser man endnu Sporene af en Kilde. Det var den, siges der, som udsprang, da Knud Lavard blev myrdet af sin Frænde Magnus. Få Dage efter Drabet fødte Knuds Enke, Fru Ingeborg, en Søn, der fik Navnet Valdemar. Han blev givet i Opfostring til Asser Ryg i Fjenneslev, og voksede op der med Absalon som sin Fosterbroder og kære Ven. Tiden skilte dem ad. Absalon drog til fremmede Lande for at vinde sig alskens præstelig og verdslig Visdom; Valdemar fulgte sit Søskendebarn Kong Svend i hans Kamp for den danske Krone imod Magnuses Søn Knud. Ved Absalons Hjemkomst var meget forandret. Kampen om Kronen rasede endnu; og fremmede, Venderne, hærjede det danske Riges Kyster. Men Valdemars Stilling var en anden; frastødt ved Svends Egennytte og Tro- løshed, havde han selv taget Kongenavn og stod nu forenet med Knud imod sin tidligere Herre og Våbenfælle. Der blev dog sluttet et Forlig, og Absalon var virksom dertil ved sin Mægling; Danmark blev delt i tre Dele, en til hver af de tre unge Konger.

Freden imellem dem varede kun få Dage. Knud bød sine to Medkonger til Gæst i Roskilde. Svend, der stadig havde pønset på Svig, kom sent på Dagen; han havde været ude på en Gård i Nærheden og holdt Råd med sine Venner. Endelig indfandt han sig ved Gildet og fik anvist Pladsen midt imel- lem sine to Medkonger som den, der var ældst. Efter Målti- det blev Bordene tagne bort, og Småbægre blev bårne om. Lystigheden var i Stigning, og der var alskens Dans og Leg i Hallen. Blandt andet var der en tysk Sanger, der fremstillede Svends Flugt i en Slags Spottevise. Gæsterne dadlede hans Uforskammethed; men Kong Svend hyklede Beskedenhed og bad ham synge videre: det var godt at tænke på de over- standne Sorger. Da Skumringen bredte sig, og der blev bragt Lys ind, kom Svends Hirdmandshøvding, en Tysker der hed Tetlev, ind i Kongehallen, og stod længe tavs, som om han så sig for og udspejdede Lejligheden. Knud bredte sin Kappe ud og indbød ham til at sidde hos, men han takkede for Hæde- ren og gik. Ved sin Bortgang gav han et Nik til Kong Svend, denne stod op og hviskede med ham; også flere af Svends Mænd kom til, og de talte sammen ganske sagte. Knud ane- de deres Svig, han slog Armene om Valdemar og kyssede ham; Valdemar kunde ikke fatte hans pludselige Venlighed. Svend lod sig af en Kærtesvend lyse op til sit Kammer; i det

74

samme styrtede hans Mænd med dragne Sværd ind ad Hoveddøren. Valdemar slukkede Lysene, viklede sin Kappe om Armen som en Slags Skjold og stødte til den fremstormende Tetlev, så at han faldt, men styrtede selv i det samme og fik et Sår i Låret. Han kom straks efter på Benene og brød gennem Fjendeflokken. I Mørket greb en af dem fat i hans Bæltekvaster, men beholdt kun Kvasterne i Hånden. Inde i Hallen slog Svends Krigere Vinduesgluggerne op, for at ikke Mørket skulde skjule nogen for dem. Tetlev var atter kommen på Benene og kløvede Knuds Pande med sit Sværd. Den døende modtoges af Absalon, der troede det var Valdemar; han trykkede det blødende Hoved ind til sig, så længe han endnu mærkede nogen Rest af Hjærteslag i hans Bryst. Så lagde han varlig det afsjælede Legem ned og gik rolig til Hallens Dør, gik igennem den væbnede Skare uden at svare på deres Spørgsmål om hans Navn, og blev endnu ude på Roskilde Gade overfalden af en Krigerskare, men Spydet ramte kun i hans Kjortel, og en Mand, der kendte ham, reddede ham fra de andre. Således frelste Lykken den, til hvem Håbet om Danmarks Genrejsning var knyttet. Han vandrede videre til Fods, indtil en Bonde i Ramsø gav ham en Hest, og på den Måde nåede han hjem til Fjenneslev. Da hans Moder hørte om Blodbadet, var hun mere i Uro for Valdemar, end glad over sin egen Søns Frelse. Valdemar vandrede imens af Sted med kun to Ledsagere og trodsede Smerten i Låret; heldigvis fik de en Hest til ham og kom tilfældig til den samme Bonde, hos hvem Absalon nylig havde været; herfra blev han af stedkendte Folk ført videre til Fjenneslev.

Næste Morgen samlede Svend Borgerne i Roskilde og klagede over at være efterstræbt af sine Medkonger ved natlig Svig; han fremviste til yderligere Tegn sin Kappe, som han selv havde gennemstukket, og bad om Hjælp mod den efterlevende af Morderne. Der var dog ingen, som troede hans

Beretning. Derefter lod han alle Øens Skibe forhugge, for at Valdemar ikke skulde have Lejlighed til at undfly, og lod omhyggelig opsøge alle de ubeboede Steder, hvor man kunde vente, at han havde søgt Skjul. Imens færdedes Valdemar med kun tre Ledsagere ikke i Skovtykninger og Hængemoser, men i de åbne Skove, hvor Fjenden mindst ventede ham. Men Esbern viser sig med en Skare af Folk, snart her, snart der, og lader, som han gør Rede til Afsejling. Så snart de virkelig vilde sejle, gik Esbern til en Tømrer og tilsyneladende tvang ham til at udbedre et af Skibene. Samme Nat stod Valdemar og hans Følge fra Land. Det blev en frygtelig Storm, med Lyn i Lyn og ustandseligt Tordenbrag, Skibsfolkene var så våde og stivfrosne, at de ikke kunde tumle Sejlene, Raaen gik over Bord; endelig drev de ind under en Ø og trak Skibet paa Land; ved Daggry stod de atter til Søs og sejlede med rolig Sø til Jylland.

Valdemar drog til Viborg og stævnede Jyderne til Ting der. Han gav en gribende Skildring af Svends Svig og sin egen Skæbne, og fremviste sit endnu ulægte Sår. De lovede alle at følge ham til Hævn. Svend rustede sig imidlertid til Tog over til Jylland og lod alle Skibene istandsætte. Der øvede Absalons Moder og Søster en mærkelig Dåd: ved Nattetid lod de hugge Hul på de Skibe, hvormed Kongen vilde sætte over.

Endelig landede Svend i Jylland og drog til Viborg. En Tid lang kom det kun til Småkampe ved Gudenåen og på Heden; men da Valdemars Hær var øget ved de daglig indtræffende Forstærkninger, overskred han Åen og gik Fjenderne i Møde. Natten før Slaget lod han Hestene stå optømmede og næsten undvære Foder, for at de ikke skulde være for tunge i Løbet. Svend havde slået Lejr i Bygmarken og lod sine Heste gøre sig til gode med den rige Afgrøde, der på Grund af Ufreden endnu var uhøstet.

Da Valdemar rykkede frem med sin Hær, var den så stor,

at ikke Tiendedelen kunde se Bannerne. En Flok af Ravne fløj over Hæren, så nær at man kunde nå dem med Spydsodderne. Midt i Hæren red en Sanger, der kvad en Vise om Svends Troløshed og opæggede Krigerne til mægtig Hævntørst. På Valdemars højre Fløj stod lutter Bønder i stålgrå Kofter. Svend og hans Ledsagere antog dem for brynjeklædte og satte deres bedste Folk imod dem; men de opdagede i Tide deres Fejltagelse og stillede da Hovedstyrken imod Kongebanneret.

Et Gærde skilte endnu de kæmpende ad, og ingen af Parternes Ryttere turde sætte over det; da lod Valdemar sit Fodfolk rydde det af Vejen, og Sammenstødet skete. Svends Folk blev overvundne, og på deres tungt fodrede Heste havde de svært ved at undgå Valdemars Ryttere. Iblandt dem alle udmærkede sig dog Riber-Ulf, der atter vendte sin Hest og med høj Røst æggede sine Fæller til ny Strid; da han ikke så anden Udvej, stødte han Fanen i Jorden og fattede den med venstre Hånd, medens han med den højre nedlagde Fjenderne. Efter en mindeværdig Kamp blev han kastet til Jorden ved den fremstormende Mængdes Tryk.

Svend selv flygtede med et Par Ledsagere ud over Moserne. Da Hesten hang fast i Dyndet, ilte han videre til Fods. Rustningen, som han ikke kunde bære, kastede han fra sig, og da han ikke var i Stand til at nå videre, selv med sine Ledsageres Støtte, bød han dem at sørge for sig selv, og satte sig ned på en Trærod. En af dem vilde dog ikke skilles fra ham, men blev liggende ved hans Fødder; han blev dræbt af en Skare Bønder, som under Søgen efter Rov tilfældig stødte på dem.

Svend udgav sig for Kongens Skriver; men de kendte ham og satte ham ærbødig til Hest for at føre ham til Valdemar. Da sprang en af Bønderne pludselig frem og kløvede hans Hoved med sin Økse. Hans Lig blev af Egnens Bønder lagt i en uanselig Grav. Den fangne Riber-Ulf vilde Knuds Mænd have dræbt som Hævn for Mordet i Roskilde; men Esbern Snare hindrede hans Død. Tetlev var også bleven greben; da han førtes til Stejlen, tiggede han om sit Liv og da han opdagede, at det var forgæves, undså han sig ikke for Tårer og kvindagtig Jammer. Også mange andre af Svends Tilhængere vilde Knuds Mænd have gjort fredløse, men Valdemar svarede, at han ikke vilde gøre så mange højbårne Mænd landflygtige, for at de ved første Lejlighed skulde fylde hans Fjenders Flok.

Således var der stiftet Fred i det indre, Valdemar og Absalon kunde fra nu af tænke på Kampen imod Venderne. Imens dyrkede man de øde Marker på ny, Gårde og Byer byggedes Kirker og Klostre rejste sig, og kække, ridderlige Helte vågede til Søs og til Lands over Rigets Tryghed.

Marsk Stig

I en Efterårsnat, Sankt Cecilia Nat 1286, blev Kong Erik Klipping myrdet i Landsbyen Finderup. Snart efter blev en Flok af Rigets Stormænd med Marsken Stig i Spidsen dømte fredløse som skyldige i Drabet.

Folkevisen fortæller nærmere om den sørgelige Udåd. Kongen lokkede Marsk Stigs Hustru. Marsken kom hjem fra Ledingstog og svor Hævn; så red han til Tinge og undsagde Kongen på hans Liv. Kong Erik drog ud på Jagt, hans Kammersvend Rane fik ham med sig til Finderup, og de lagde sig til at sove i den store Lade. Da kom Marskens Mænd, de brød Porten op og gennemborede Kongen med mange Sværdstik. Efter Drabet red Marsken til Skanderborg, hvor Dronningen var og den unge Kong Erik, for selv at tillyse Drabet.

Dronningen står i Højeloft, og ser, hvorledes han kommer ridende, hun spotter den selvgjorte Konge i hans Ondskab og Trods. Men den unge Konge tager Ordet og byder ham at rømme fredløs fra Land og Rige.

> »Skal jeg nu af Landet rømme
> og ligge i Skov og Skjul,
> da skal jeg min Føde af Danmark
> hente både Vinter, Sommer og Jul.
> Skal jeg nu af Landet rømme
> og ligge på Vandet hint kolde,
> da skal jeg så mange Enker gøre
> og mest udaf Fruer hin' bolde.«

Så drog Marsken og hans Venner ud af Landet. Men de byggede sig en Borg på Øen Hjælm, og derfra plyndrede de på deres Fædreland. Bonden går ad Marken ud, og sår han der sit Korn: »Nåde Gud Fader i Himmerig! har Hjælm nu fået Horn?«

Der er mange Fortællinger om de fredløse og deres Liv, hvorledes nogle af dem kom ynkelig af Dage. Om selve Marsk Stig fortæller derimod Sagnet, at han døde ude på Borgen; men hans Mænd førte ham ved Nattetid til Kirke og begravede ham der.

Erik Menved og Kristoffer

DET var Ufredstid i Danmark. Kong Erik kæmpede i mange År imod de fredløse. Fra Hjælm, fra Sprogø, fra Kongshelle hjemsøgte de deres Fædreland og plyndrede på alle Kyster, snart alene og snart med Nordmændene i

Følge. Inden Kampen mod de fredløse var til Ende, var den unge Kong Erik indviklet i en anden Strid, der bragte ham endnu mere Nød og Møje end den første. Det var mod Ærkebiskopen i Lund, den mægtige og myndige Jens Grand, en Slægtning af Marsk Stig og andre Kongemordere. Kongen havde god Grund til at regne ham for de fredløses hemmelige eller åbenbare Hjælper; og han besluttede at sikre sig ham. Kong Eriks Broder, den 18-årige Junker Kristoffer, indfandt sig i Bispegården og krævede at tale med ham i sin Broders Navn. Ærkebiskopen gik ud, men blev greben af Kongens Mænd. Klædt i en ussel Kjortel og bunden på et Plovøg førtes han af Sted fra Lund; på Overfarten fra Helsingborg kastedes han i Bunden af Færgen imellem Hestene; og videre gik Ridtet til det faste Søborg i Nordsjælland. Her sad Ærkebiskopen i det nederste Rum af Fange-tårnet, hvor han ikke kunde stå oprejst, men henlå i Urenlighed og Mørke. Kong Erik tilbød ham at slippe fri mod store Løsepenge, men han svarede, at han hellere vilde lade sig slide ihjel, Lem for Lem, end han vilde forhandle med Kongen fra sit Fængsel.

Endelig lykkedes det ham ved Hjælp af en Kok, der hed Morten Madsvend, at file sine Lænker over og at klatre ned ad Borgmuren. Han flygtede først til det faste Slot Hammershus, så videre til Paven i Rom. Paven æskede Kongen til at genindsætte Ærkebispen og give ham Bod for Skaden; han truede med Kirkens Straf. Endelig blev den udført. Alterlysene blev slukte og kastede til Jorden, Kong Erik nævnedes som udslettet af den kristne Menighed, i hele hans Rige skulde hver en Kirke være lukt, Klokkerne måtte ikke ringe. Men Kongens Mænd sprængte Kirkedørene og tvang Præsterne til at læse Messe. Kong Erik stred imod af al Magt; hans ungdommelige Voldsdåd drog mange tunge År efter sig, selv Tanken om hans Faderhævn trådte mere og mere i Baggrunden, og han udsonede sig endogså med deres Arvinger. En-

80

delig da Forbuddet havde hvilet over Landet i fire År, ydmygede han sig for Paven, lovede Bod og betalte Sonepenge til Ærkebispesædet. For at imødekomme den angrende Synder flyttede Paven Jens Grand til Udlandet og indsatte en anden Ærkebiskop.

Et andet Foretagende opfyldte Kong Erik i Resten af hans Kongetid. Han vilde forny sin Oldefaders Kong Valdemars Herredømme over Landene syd for Østersøen. Talrige Tog dertil, Udbud af dansk Adel og Hværvning af tyske Riddere, Indblanding i de vendiske Landes indre Stridigheder og Ridderspil med en hidtil ukendt Pragt skulde sikre hans Magt og Indflydelse. Men det sank altsammen til Bunds, som Sten i Mosegrund, uden at bringe andet Udbytte end dybere og dybere Gæld og pantsatte Slotte. Hjemme var der Nød og Utilfredshed. Skatterne trykkede hårdt. De jydske Bønder rejste sig til Oprør imod ham. Kong Erik fik Bud derom, medens han foran Rostoks Porte fejrede et pragtfuldt Ridderspil; han måtte da ile nordover. Bønderne blev overvundne af den pansrede Ridderhær. De måtte udlevere deres Førere, som blev henrettede; og de måtte bygge faste Borge, hvorfra Kongens Fogeder og Stridsmænd kunde holde dem i Ave.

Kristoffer fulgte efter sin Broder. Dog var det ikke let for ham at komme på Tronen. Rigets Mænd krævede forinden Løfter og Indrømmelser af ham. Han måtte, hvad ingen dansk Konge før havde gjort, inden sit Kongevalg underskrive en Håndfæstning, et Friheds- og Sikkerhedsbrev for Landets Indbyggere og mest for dets Adel. Det indeholdt Forbud mod voldsomme Fængslinger, Løfte om Skatters Afskaffelse, om Tvangsborgenes Nedrivelse, om årlige Stormandsmøder eller Danehof, og om meget andet, der bandt Kongens Handlefrihed indenfor snævre Grænser, og om en Del, der var næsten umuligt at udføre.

Af Natur var Kristoffer voldsom, upålidelig og letsindig.

Det har næppe været hans Hensigt at holde sin Håndfæstning, og snart brød han den åbenlyst. De magtlystne holstenske Smågrever, Grev Gert og Grev Johan, blandede sig i Danmarks Forhold. Kristoffer blev afsat; og sammen med de trodsige Stormænd valgte de den unge sønderjydske Hertug Valdemar til Konge. Et Par År efter kom Kristoffer atter til Magten, men måtte lønne Grev Johan hans Hjælp med store Dele af det østlige Danmark, indviklede sig så i Strid med Grev Gert og måtte overlade ham det vestlige. Som Konge uden Rige levede han sine sidste År i en Borgers Hus i Sakskøbing. Og da han døde, tænkte Magthaverne ikke på at vælge nogen Efterfølger.

Niels Ebbesen og Valdemar Atterdag

I otte År efter Kristoffers Død rugede Tyskernes Åg over Danmark. Grev Gert, den kullede Greve, havde Jylland og Fyn i sin Magt; Grev Johan »den milde« havde Sjælland og Skåne. Skåningerne gjorde Oprør og dræbte alle Holstenerne. Jyderne pønsede også på Rejsning. Da samlede Gert sig en Hær af tyske Lejesoldater og drog op i Landet. Han drog med Hovedstyrken ind i Randers, og her var det, han blev dræbt. Mange af Enkelthederne ved den ejendommelige Dåd fortælles i Krønikerne, en Del kender vi kun af den Folkevise, der er løben om Land som Budbærer om Niels Ebbesens Gerning.

Visen fortæller om, hvorledes Greven stævner den jydske Herremand til sig i Randers, hvorledes Niels Ebbesen tager djærvt til Genmæle imod Greven og til sidst svarer på Grevens Fredløsdom med at undsige ham på Livet. Han rider hjem til sin Hustru og spørger hende om Råd. »De værste

Råd er nu bedst,« siger hun, »enten at brænde Greven inde eller at slå ham ihjel.« Og hun giver ham det Råd, at når han rider til Randers, skal han vende Hestenes Sko, så ingen kan kende, fra hvad Vej de kommer. Han går så i Stuen, hvor alle hans Mænd sidder og drikker; han spørger dem, om de vil have Orlov eller de vil tage Tjeneste på ny, og de vælger alle at tjene ham. Udenfor Randers bandt de deres Heste i Fruerlund, og ved Nattetid gik de over Broen ind i Byen. De gik til Grevens Hus og bankede på, idet de udgav sig for Grev Henriks Bud. Men Greven så de blanke Spyd og åbnede ikke Døren, så stødte de Døren op med Skjolde og Spydskafter. »Sæt dig ned på min Seng, så vil vi tale os til Rette,« bad Grev Gert. »Nej,« sagde en af hans Mænd, den sorte Svend, »vi skal ikke lade Sværdene bie.« »Jeg har hverken Borg eller Fæste, at gemme så rig en Fange; står nu op, alle mine Mænd, og lader Sværdene gange.« De tog Greven i hans gule Lok, afhug hans Hoved over Sengestok. Så rørte de dristig deres Tromme, da de skulde gå ud af Byen. Holstenerne strømmede til fra alle Sider; men de kæmpede sig frem til Åen, og en af Niels Ebbesens Mænd, den liden Svend Trøst, kastede Broen af efter dem. I Fruerlunden tog de deres Heste, og han red bort ad sit Hjem til, til Nørreris. Undervejs gæstede de en fattig Kone og bad om Føde. Hun havde kun to Brød; men da hun hørte, at Niels Ebbesen havde dræbt den kullede Greve, gav hun ham glad det ene af dem.

Grevens store Hær opløste sig i Småskarer, der trak imod Syd. Om Niels Ebbesen samlede Jyderne sig og fordrev de tyske Befalingsmænd fra Nørrejylland. Kun Skanderborg Slot holdt sig imod hans Belejringshær; og her udkæmpedes — den anden November, alle Sjæles Dag — Slaget imellem Gerts Sønner og Jyderne. Niels Ebbesen og to af hans Brødre faldt; deres Lig blev af de sejrende Holstenere lagte på Stejle. Folkevisen har bevaret hans Eftermæle:

Gud nåde din Sjæl, Niels Ebbesen,
mens du i Live vår;
så mangen tysk i Dannemark
den samme Vej skal gå.

Den, som gjorde Niels Ebbesens Befriergerning færdig, var den unge Kong Valdemar, — Kristoffers Søn, opvokset i fremmed Land, klog, snedig, handlekraftig og tålmodig. Allerede inden Gerts Død havde han indledt Forhandlinger for at komme på Tronen; nu blev han tagen til Konge og hyldet af Folket. Med sin Dronnings Medgift løskøbte han store Strækninger. Fra Kampene i Jylland holdt han sig borte, indtil Sjælland var genvundet og Småøerne løskøbte; fik Halvdelen af Fyn ved Penge, og tog Halvdelen ved Strid; stred sig igennem trods Uro og Oprør i det skattetyngede Folk og fik endelig de fleste til at fatte og støtte hans store Værk til Rigets Samling; rev med et dristigt Greb de skånske Lande fra Svenskekongen Magnus Smek, og forsonede sig atter med ham, da Valdemars spæde Datter Margrete blev trolovet med Magnuses Søn Hakon, Arvingen til Sverig og Norge, hvorved Grunden blev lagt til en endnu større Rigsenhed, og nye, mægtige Opgaver var stillede for den kloge Konges snilde Datter. Kong Valdemars Navn mindes gennem Tiderne sammen med et Tilnavn: Atterdag. Han var den, der atter bragte Dag over Danmark.